마지막 하루

마지막 하루

발행일 2023년 8월 4일

지은이 서인부
펴낸이 손형국
펴낸곳 (주)북랩
편집인 선일영 편집 윤용민, 배진용, 김부경, 김다빈
디자인 이현수, 김민하, 김영주, 안유경 제작 박기성, 구성우, 변성주, 배상진
마케팅 김회란, 박진관
출판등록 2004. 12. 1(제2012-000051호)
주소 서울특별시 금천구 가산디지털 1로 168, 우림라이온스밸리 B동 B113~114호, C동 B101호
홈페이지 www.book.co.kr
전화번호 (02)2026-5777 팩스 (02)3159-9637

ISBN 979-11-93304-00-6 03810 (종이책) 979-11-93304-01-3 05810 (전자책)

서인부 장편소설

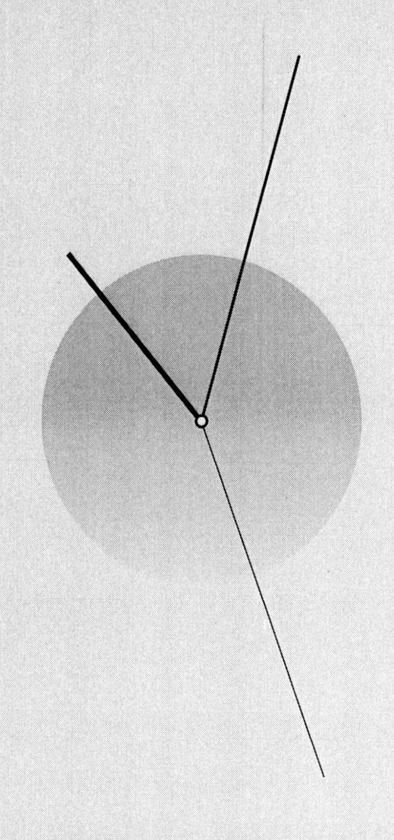

마지막 하루

프롤로그

어두컴컴한 방에 의자 네 개가 나란히 놓여 있다. 방의 중앙에만 그리 밝지 않은 조명이 비추고 있을 뿐이어서 방의 크기와 모양은 가늠할 수 없지만 그리 작지 않은 방이었다.

그때 방 밖에서부터 조용한 발걸음 소리가 들리기 시작하더니 점점 커지다가 조용해졌다. 방 한쪽 어두운 구석에 있는 유리문이 조심스럽게 열리더니 한 남자가 들어왔다. 40대 정도로 보이는 외모의 남자는 조용히 문을 닫고 들어와 두리번거리기 시작했다. 곧 방 중앙의 의자를 발견한 남자는 의자 중 가장 왼쪽 자리에 앉았다. 잠시 후 느릿느릿한 발소리가 들리더니 유리문이 천천히 열렸다. 그곳으로 들어온 사람은 70대가 넘어 보이는 노인이었다.

노인도 주변을 천천히 둘러보더니 의자를 보고 방 가운데로 걸어왔다. 먼저 와서 앉아 있던 남자는 노인과 눈이 마주치자 살짝 엉덩이를 들며 일어나 가볍게 눈을 마주치며 묵례했다. 노인도 눈을 마주치고 살짝 고개를 숙이며 인사를 받았다는 표시를 하고 오른쪽에서 두 번째, 즉, 먼저 온 남자와 의자를 한 개 띄우고 자리에 앉았다. 다음으로 30대 남자 한 명이 방에 들어왔다. 그 남자는 남은 의자를 보고 잠시 고민하더니 비어 있던 중간 의자에 앉은 뒤 다른 사람들을 슬쩍 쳐다보았다. 곧 좀 더 빠른 소리의 발소리가 들리더니 문이 열렸고, 20대로 보이는 젊은 남자가 방으로 들어왔다. 그 역시 주위를 두리번거리며 방 중앙으로 와서 하나 남은 의자에 앉았다. 네 명의 남자는 서로를 의식하면서도 누구 하나 다른 사람에게 말을 걸지는 않았다.

곧 방 한쪽 어두운 곳에서부터 발소리가 들리기 시작했다. 네 명의 남자는 모두 그 소리가 나는 곳으로 시선을 돌렸다. 검은색 정장을 입은 남자가 어둠 속에서 걸어 나와 네 명의 남자 앞에 섰다. 그는 천천히 고개를 돌려 한 명 한 명 눈을 마주치며 알 수 없는 표정을 지었다.

검은 정장의 사내는 키가 꽤 큰 편이었고, 마르진 않았지만 뚱뚱한 체형도 아니었다. 그는 네 명을 차례로 돌아본 뒤 옅은 미소를 띠며 입을 열었다.

"여러분들, 만나서 반갑습니다."

정중하면서도 낮은 그의 목소리는 매우 또렷하게 들렸으며, 방 안에서 약간의 울림 효과로 인해 더욱 무게가 느껴졌다. 그래서인지 그의 말에 대답하는 이는 없었다. 여전히 옅은 미소를 머금은 그의 입은 다시 한번 열렸다.

"여러분들은 저를 모르시겠지만, 저는 오래전에 여러분들을 이 자리에서 뵌 적이 있습니다. 물론 각자 여기에 계셨던 시점은 달랐습니다만, 전 여러분들을 똑똑히 기억합니다."

남자의 이해할 수 없는 말에 다들 눈만 깜빡거릴 뿐 아무런 말도 하지 않았다. 검은 정장의 사내는 입술을 굳게 다물고 숨을 한 번 들이마시고는 입으로 내쉬었다. 그리고 좀 전의 미소는 사라지고, 무표정한 얼굴로 입을 열었다.

"여러분들의 아까운 시간을 제가 계속 뺏을 수는 없으니 빨리, 그리고 간단하게 말씀드리겠습니다. 여러분들은 모두 내일 밤에 죽습니다."

검은 옷 남자의 갑작스러운 말에 앉아 있던 남자들은 모두 놀란 표정으로 눈을 크게 뜨고 그를 바라보았다. 그중 가장 어려 보이는 청년이 자리에서 일어나더니 말을 했다.

"아니, 갑자기 무슨 소리예요. 저는 아직 이십 대예요. 서른 살도 안 됐는데 죽다니요. 말도 안 돼요."

그 말을 듣고 있던 40대 남자가 일어나며 기분 나쁜 듯한 얼굴로 그 청년을 향해 말했다.

"이 사람이 말을 이상하게 하네. 나이 얘기를 왜 해? 그럼 어린 사람은 안 되고, 나이 먹은 사람은 죽어도 된다는 거야, 뭐야."

먼저 말을 꺼냈던 청년은 고개를 돌려 40대 남자를 쳐다보며 말했다.

"아니, 아저씨, 그런 말이 아니잖아요. 이분이 갑자기 죽는다고 하니까 그런 거죠."

청년은 억울한 표정으로 40대 남자를 쳐다보다가 옆에 앉아 있는 노인을 힐끗 본 뒤 말을 이었다.

"그리고 솔직히 오래 사신 분들보다는 제가 좀 더 억울하죠."

40대 남자는 청년이 쳐다본 시선을 따라 고개를 돌렸다가 옆자리에 앉아 있는 노인을 확인한 뒤 더욱 화가 난 목소리로 말했다.

"이 사람 말을 막 하네. 넌 아버지도 없고, 할아버지도 없냐? 어디서 막말이야!"

청년도 이제는 약간 얼굴이 붉어지며 말을 받아쳤다.

"아저씨는 왜 반말해요, 언제 봤다고."

분위기가 점점 험악해지자 검은 옷을 입은 사내가 한 발짝 앞으로 나오며 손바닥을 들어 보였다. 마치 다들 진정하라는 듯한 손짓을 하며 말했다.

"자, 여러분들. 모두 당황스러우신 것은 알겠지만, 이렇게 낭비할 시간이 없습니다. 한 분씩 질문이 있으시면 저에게 직접 말씀하시지요."

검은 정장 남자의 중재에 일어섰던 두 사내는 의자에 다시 앉았고, 곧바로 청년은 손을 들어 질문할 의사를 밝혔다. 검은 옷 남자가 그를 보며 말하라는 듯 고개를 살짝 끄덕이자 청년은 손을 내리고 의자에 앉은 채로 말했다.

"우선 여기가 어딥니까? 이거 꿈속 아닙니까?"

"여기는 여러분들이 사는 세상과는 다른 세상입니다.

여러분들이 태어나기 전과 죽은 후에 오게 되는 세상입니다. 여러분들 모두 조금 전에 각자 집에서 잠이 드셨고, 저희 세상에서 여러분들을 이곳으로 모시게 되었습니다. 그러니 여러분들은 꿈을 꾸고 계신 것으로 생각하실 수 있습니다."

이번에는 좀 전에 일어났었던 40대의 남자가 손을 들었다. 같은 방법으로 질문할 것을 승인받은 뒤 남자가 말했다.

"정말 내일 죽는 겁니까? 되돌릴 기회는 없습니까? 전 이대로 죽으면 안 되는데요."

아까의 화난 얼굴과 목소리는 사라지고, 애처로운 눈빛과 떨리는 목소리로 물었지만 검은 정장 남자의 대답은 단호했다.

"네, 없습니다. 여러분들은 내일 밤에 잠이 들면 모두 죽어서 다시 이곳으로 오시게 됩니다."

질문을 했던 40대 남자는 의자에 앉은 채로 고개를 떨구었다. 그 후 옆자리에 앉아 있던 노인은 천천히 오른손을 들며 검은 정장의 사내를 올려다보았다.

"네, 말씀하시죠."

검은 정장 사내의 말이 끝나자 노인은 천천히 입을 열었다.

"다들 죽을 때는 죽는 걸 모르고 죽을 텐데, 왜 우리한테는 우리가 죽는다는 걸 미리 알려 주는 거죠?"

노인이 조용한 목소리로 질문하자 검은 정장 남자의 표정이 약간 밝게 변했다. 마치 이제야 제대로 된 질문이 나왔다는 듯한 표정이었다.

"네, 맞습니다. 모든 사람이 정해진 운명에 따라 각자의 삶을 살다가 정해진 날이 되면 이곳으로 오게 됩니다. 물론 사람들은 자신의 운명에 대해서 전혀 알 수가 없죠. 그래서 갑자기 죽음을 맞는 것으로 생각하고 있습니다. 그렇다 보니 제대로 된 준비를 못 하고, 갑자기 사랑하는 가족과 친구, 동료들을 떠나야 한다는 것에 대한 아쉬움이 크다는 의견을 많이 들었습니다.

여러분이 살고 있는 세상에서는 알 수 없지만 이곳 세상에서는 사람들의 행복을 위해 여러 가지 시도를 해 보고 있습니다. 그중 하나가 몇몇 사람들에게 죽는 날을 미리 알려 주고, 떠나기 전 준비를 할 수 있는 시간을 주는 것입니다. 여기 계신 여러분들은 이 일에 선택받으셔서 이

곳에 하루 먼저 오신 겁니다. 여러분들과 같이 선택받으신 분들이 남은 시간을 잘 보내시고, 또 이 제도에 대해 만족감을 느끼신다면 좀 더 많은 사람이 이 혜택을 누릴 수 있도록 대상을 확대해 나갈 겁니다. 하지만 여러분들이 남은 시간을 제대로 보내시지 못하고, 이 혜택을 받은 것에 대해 실망과 후회를 느끼신다면 이 제도는 곧 없어질 겁니다."

다들 고개를 숙이고 한숨을 쉴 뿐 더 이상 질문하는 사람은 없었다. 검은 정장의 사내는 사람들을 천천히 살펴보더니 왼팔 소매를 걷어 손목시계를 보았다. 잠깐 시간을 확인한 후 다시 입을 열었다.

"자, 여러분들 잠깐 고개를 들어서 제 시계를 봐 주시기를 바랍니다."

검은 정장의 사내는 왼손을 들고 다른 사람들이 손목시계를 볼 수 있도록 손목을 비틀었다. 네 명의 남자는 자리에 앉은 채 고개를 들어 검은 정장 사내의 시계를 쳐다보았다. 얼핏 보기에는 시를 나타내는 12개의 눈금이 있고, 시, 분, 초를 가리키는 세 개의 바늘이 있는 보통 손목시계와 다르지 않아 보였다. 그런데 뭔가 이상한 점을 발견한 듯한 30대 남자가 말을 했다.

"바늘 하나가 너무 빨리 도는 것 같은데요?"

검은 정장의 사내가 살짝 미소를 지으며 대답했다.

"맞습니다. 이 시계는 여러분들의 사는 세상의 시계가 맞습니다. 하지만 이곳 세상의 시간은 여러분들의 사는 세상의 시간과 차이가 있습니다. 이곳의 시간은 여러분들의 사는 세상의 시간에 비해 훨씬 빠르게 흐릅니다. 여러분들이 여기 도착하신 지 그렇게 오래된 것처럼 느껴지지 않겠지만, 사실 지금 시각은…."

사내는 손목을 돌려 시계를 보고 시각을 확인한 뒤 말을 이었다.

"다섯 시 5분이 지나고 있습니다."

그 말을 들은 네 명의 남자는 일제히 눈이 커졌고, 놀란 표정을 지었다. 그중 한 남자는 자리에서 일어나 검은 정장 사내에게 말했다.

"그럼 이러고 있을 시간이 없어요. 빨리 돌려보내 주세요."

"네, 알겠습니다. 여러분들이 들어오셨던 저 문으로 다시 나가시면 됩니다. 그러면 곧바로 여러분들이 어제 잠드셨던 그곳에서 일어나 마지막 하루를 시작하시게 됩니다."

청년을 포함해 다른 두 명의 남자도 급하게 자리에서 일어났고, 마지막으로 노인도 천천히 자리에서 일어났다. 다들 문을 향해 움직이려고 할 때 검은 정장의 사내가 다시 한번 손바닥을 들며 말했다.

"마지막으로 주의 사항을 하나 알려 드리겠습니다. 지금 이 자리에서 있었던 일을 다른 사람에게 말씀하신다거나 오늘 밤 죽는다는 것을 이용해 어떠한 일을 꾸미신다거나 절대 그러지 마시기를 바랍니다. 만약 그러신다면 정해진 시간을 채우시지 못하고, 곧바로 지금 이곳으로 다시 오시게 될 겁니다."

이 말을 마치고 검은 정장의 사내는 들고 있던 손을 눕혀 문을 향하게 했다. 그리고 마지막으로 말했다.

"그럼, 마지막 하루를 잘 보내고 돌아오시기를 바랍니다. 오늘 밤에 뵙겠습니다."

검은 정장의 사내는 상체를 숙여 사람들에게 인사를 했고, 그 인사를 받자마자 네 남자는 문을 향해 빠른 걸음으로 가 문을 열었다.

차례

이지환

1995

잠에서 깬 지환은 침대에서 눈만 뜬 채로 잠시 가만히 있었다. 가만히 누워서 조금 전까지 있었던 일에 대해 생각해 보았다. 과연 진짜일까? 아니면 그냥 꿈이었을까? 그냥 꿈이라고 하기엔 너무 생생했다. 같이 있던 사람들의 얼굴, 검은 정장을 차려입은 그 남자의 낮은 목소리 모두 다 또렷이 기억났다. 하지만 지환은 이런 일이 가능하기나 할까에 대해 의심이 들었다. 죽는 날을 미리 알려 준다니. 그것도 여러 명에게 동시에? 지환은 무슨 이런 황당한 꿈을 꾸었나 싶어 헛웃음이 났다. 지환은 다시 잠들기 위해 눈을 감았다.

그때 문득 이런 생각이 들었다. 만약, 정말 만약에 꿈이 아니었다면? 정말 오늘이 마지막 날이라면? 지환은 다시 눈을 번쩍 떴다. 갑자기 심장이 빨리 뛰는 것이 느껴졌다. 지환은 누운 채로 고개를 돌려 TV 옆 시계를 보았다. 6시 38분. 방은 아직 어두웠지만 커튼 틈 사이로 밖은 조금 밝아진 것을 볼 수 있었다. 지환은 아직 모든 것이 혼란스러웠다. 진짜일까? 꿈일까? 지환은 누워서 천장을 바라보면서 판단해 보려 했지만, 도저히 결론을 내릴 수 없었다. 하지만 확실한 것은 혹시 오늘이 마지막이라면 이대로 이 아까운 시간을 보낼 수는 없다는 것이다. 혹시 정말 꿈이었다면 그건 내일 아침에 눈을 떴을 때 알 수 있을 것이다. 지환은 빨리 침대에서 일어나야겠다고 생각하고, 이불에서 나와 침대에 걸터앉았다.

지환은 혹시 마지막일지도 모를 하루 동안 무엇을 할지 생각해 보았다. 그때 지환에게 작년 회사 입사 후 오리엔테이션에서 썼던 버킷 리스트가 떠올랐다.

지환은 대학 졸업 후 일 년 넘게 취업하지 못했었는데, 작년 겨우 지금 회사에 합격할 수 있었다. 다른 대기업들은 입사 후 그룹사 교육 등 오리엔테이션을 길게는 한 달 동안 합숙을 하면서 한다고 하던데, 지환의 회사는 딱 1박 2일, 그것도 금요일 오전 근무 후 버스를 타고 4분의 1분기 3개월 동안 입사했던 신입과 경력 사원, 총 아홉 명을 조그만 버스에 태우고 경기도 한 펜션으로 갔었던 게 전부였다. 그곳에서 아홉 명과 인사팀 인원 세 명은 간단한 점심을 먹은 뒤 오후부터 오리엔테이션 과정을 시작했다. 이미 다 알고 있는 사람들끼리의 자기소개, 참가자들 사이를 더 어색하게 만드는 친목 시간 등을 가진 후 초빙 강사의 강연을 듣게 되었다. 강연의 주제는 '성공적인 직장 생활을 위하여'였는데, 지환을 포함한 대부분의 참가 인원들은 거의 졸면서 두 시간을 보냈었다. 강연 중간에 강사는 참가자들에게 '버킷 리스트'를 작성해 보라고 했는데, 모두 매우 귀찮아했었다. 하지만 다 작성한 사람부터 휴식 시간을 가질 수 있다는 강사의 말에 지환은 서둘러 주어진 노트에 하고 싶었던 일을 작성하기 시작했다.

그때 서둘러 만들었었던 버킷 리스트가 입사할 때 받았던 회사 다이어리에 있다는 것이 기억난 지환은 책장 맨 위 칸 구석에 꽂혀 있는 다이어리를 빼내 가장 뒤 페이지를 열어 노트 한 장을 꺼냈다. 그 노트에는 다음과 같은 항목이 적혀 있었다.

- 오픈카 타기
- 오로라 보기
- 나이키 통에어 운동화 구매

아무리 급하게 쓴 거라지만 이걸 본 그때 그 강사는 얼마나 한심하게 생각했을까를 생각하니 지환은 부끄러웠다. 집안 형편이 그리 여유롭지 않았던 탓에 학창 시절부터 좋은 운동화, 좋은 가방, 좋은 학용품 등은 사용하지 못했었는데, 지환은 특히 나이키 에어 운동화를 신은 친구들을 부러워했었다. 그래서 막연히 나중에 돈을 많이 벌면 신발 바닥 전체가 에어로 되어 있는 나이키 운동화를 사겠다고 생각했었는데, 버킷 리스트를 작성할 때 그 생각이 난 듯했다. 아직 그런 운동화를 살 정도로 돈이 많은 것은 아니지만 일 년 정도 직장 생활을 한 지환에게 신발 한 켤레 살 정도 돈이 없는 것도 아니니 오늘 새 신발을 사야겠다고 생각했다.

다음은 오픈카. 사실 다른 남자들처럼 컨버터블 자동차에 대한 로망이 지환에게도 있긴 했었다. 지붕이 없는 자동차를 타고, 선글라스를 쓰고, 시원한 바람을 맞으며 운전하는 상상을 해 본 적이 있다. 하지만 오늘 안에 이 꿈을 이루기는 힘들어 보였다. 왜냐하면 지환은 아직 운전면허가 없기 때문이다. 지환은 아쉽지만, 이 소원은 포기하기로 마음먹었다.

마지막은 오로라. 이 소원이야말로 지환이 어렸을 때부터 꼭 이루고 싶었던 진정한 소원이었다. 예전 TV 다큐멘터리 프로그램에서 본 이후로 '나중에 돈을 벌게 되면 꼭 한 번 보러 가야지' 했던 소원이었다. 하지만 지환이 알기로는 오로라를 보기 위해서는 북유럽이나 캐나다 정도는 가야 하고, 그것도 계절이 정해져 있어서 아무 때나 볼 수 있는 것은 아니었다. 그리고 지환에게는 많아야 17시간 정도 남았는데, 아무리 빠르게 가 봐야 비행기 안에서 생을 마감할 수도 있으니 이 소원 또한 포기해야 했다.

그렇게 목록을 보던 지환은 오늘 하루 할 수 있는 것이 고작 운동화를 사는 것 달랑 하나라는 사실에 한숨이 나왔다. 그래도 마지막 날일지도 모르는데 의미 없이 운동화 하나 사고 가만히 있을 수는 없다는 생각에 지환은 여행을 가기로 결심했다. 사실 지환은 비행기를 타 본 적이 한 번도 없다. 해외는커녕 제주도에도 가 본 적이 없었다. 하지만 다행히도 여권은 가지고 있었다. 입사 후 해외 출장이 있을 수도 있으니 미리 여권을 만들어 놓으라는 회사 선배의 말에 지환은 곧바로 여권을 발급받았지만, 그 여권은 아직 한 번도 사용하지 못한 채 집 서랍 속에 있었다. 지환은 한 번도 해외에 가 본 적이 없지만 마지막이니만큼 용기를 내야겠다고 생각하고, 핸드폰으로 항공권 검색을 했다.

비행기에서 너무 오랜 시간을 보내지 않으려면 갈 수 있는 곳은 많지 않았다. 중국이나 일본 정도. 보통 국제선을 타기 위해서는 적어도 두세 시간 전에는 도착해야 한다는 것을 알고 있었기 때문에 그 시간을 고려해서 계산해 보니 그중 가장 빠른 비행기는 11시 김포공항에서 출발하는 도쿄행 노선이었다. 지금 시각은 일곱 시. 빨리 준비하고 택시를 타면 여덟 시쯤에는 공항에 도착할 수 있을 듯했다.

지환은 오늘 열한 시에 출발해서 내일 오후에 한국으로 돌아오는 일정의 왕복표를 선택했다. 내일 돌아올 수 있을지는 모르지만, 편도 항공권의 가격이 왕복 항공권보다 그리 싸지 않다는 것은 이미 알고 있었기 때문에 적당한 시간의 표를 선택했다. 마음이 급했기 때문에 최저 가격 비교는 할 여유가 없었다. 지환은 한 손에는 핸드폰을 들고, 방안을 돌아다니며 여행을 떠날 준비를 했다. 평소 회사에 매고 다니던 배낭을 비우고, 필요한 것들을 챙겨 넣기 시작했다. 여권, 지갑, 이어폰, 휴대용 배터리. 여분의 옷을 챙겨야 하나 했지만 길어야 1박 2일, 짧으면 오늘 밤까지만 있으면 되기 때문에 옷을 갈아입고, 지금 입고 있는 잘 때 입을 옷만 챙기면 되겠다고 생각했다. 곧 지환은 핸드폰에서 결제 화면이 나타난 것을 확인하고, 가방에 넣었던 지갑을 뺐다. 신용카드를 빼내서 번호를 입력했다. 카드 유효 기간과 카드 뒷면에 적힌 숫자 세 자리까지 입력하고 기다리니 곧 결제가 완료됐다는 화면이 나타났고, 핸드폰 문자 메시지로 결제 내용 문자가 왔다. 한 번도 항공권을 사 본 적이 없던 지환은 제대로 구매를 한 것인지 의심이 갔다. 핸드폰 화면에는 이메일로 전자 항공권을 보낸다는 안내 문구가 있었다. 지환은 핸드폰 메일 앱을 실행시켜서 새 메일이 도착했는지 확인했다. 없었다. 마음이 급해진 지환은 메일 목록을 손가락으로 내렸다 올리기를 반복하며 새로 고침 동작을 했다. 그러자 몇 분 후 (실제로 몇 분이 흘렀는지, 단 몇 초였는지는 모르지만) 새로운 메일이 한 개 도착했다. 구매가 정상적으로 완료됐고, 첨부 파일로 항공권에 대한 정보가 있는 문서가 있었다. 이 문서를 출력해야 하는지, 아니면 이대로 핸드폰으로 보여줘도 되는지 몰랐지만, 어차피 지환의 집에는 프린터가 없었고, 이 시간에 출력할 수 있는 곳을 찾아서 이 문서를 출력하고 공항에 도착하기에는 시간이 없을 것 같다는 생각에 지환은 그냥 공항으로 가기로 했다.

지환은 간단히 씻고 나와 옷을 갈아입고, 입고 있던 옷을 조그마한 비닐봉지에 넣은 뒤 가방 가장 밑에 넣었다. 마지막으로 가방 안에 있는 여권을 확인한 뒤 현관문 앞에 있는 운동화를 신었다. 지환은 집을 나가기 전 집을 돌아봤다. 취직 후 회사 근처에서 출퇴근을 위해 구했던 이 원룸으로 다시는 돌아오지 못할 수도 있다는 생각이 들어 지환은 눈으로 방 구석구석을 돌아봤다. 이내 시간이 많지 않다는 생각이 들어 지환은 곧 몸을 돌려 집을 나왔고 시계를 봤다. 이제 7시 31분. 빨리 택시를 탄다면 30분이면 김포공항에 도착할 수 있을 것이니 시간은 여유가 있었지만, 해외여행이 처음인 지환의 마음은 여유가 그리 많지 않았다.

서둘러 건물에서 나와 빠른 걸음으로 근처 버스 정류장으로 향했다. 물론 택시를 탈 계획이었지만 따로 택시 승강장을 본 기억이 없었기 때문에 큰길에 있는 버스 정류장으로 걸어가면서 택시를 잡을 생각이었다. 지환은 길 왼편에서 오고 있는 택시를 볼 수 있었고, 멀리서 '빈 차' 표시를 확인하고 손을 들어 택시를 불렀다. 다행히 택시는 지환의 손짓을 알아보고는 지환이 서 있는 곳을 살짝 지난 곳에 멈춰 섰다. 지환은 잠깐 뛰어 택시 뒷문을 열고 자리에 앉아 택시 기사에게 김포공항으로 가 달라고 말했다.

주말 이른 아침 시간이라 그런지 택시는 생각보다 빠르게 김포공항에 도착했다. 지환은 택시비를 카드로 결제하고, 택시에서 내려 김포공항 국제선 터미널 안으로 들어갔다. 생각보다 넓은 공항 내부에 지환은 살짝 당황했지만, 지환은 핸드폰을 열어 메일로 받은 전자 항공권을 열어서 읽어보았다. 해당 항공사 창구로 가야 한다는데 공항에 처음 와 본 지환은 그곳이 어딘지, 어딜 봐야 길을 찾을 수 있는지도 몰랐다. 다행히 지환은 곧 안내대를 볼 수 있었고, 공항 직원에게 핸드폰을 보여 주고서 항공사 창구 위치를 들을 수 있었다. 지환은 직원에게 고맙다는 인사를 하고, 안내해 준 곳으로 걸어갔다. 몇 개의 창구는 직원이 없었고, 한 창구에만 여러 명이 줄 서 있는 것이 보여 지환도 그 줄의 뒤에 섰다. 그때 항공사 직원으로 보이는 사람이 다가와 인터넷 체크인에 관해 물어봤다. 하지만 지환은 무슨 말인지 알아듣지 못했고, 이메일로 받은 항공권을 그 직원에게 보여 주었다. 그 직원은 키오스크에서 탑승 수속이 가능하다며 지환을 안내해 주었다. 지환은 그냥 줄을 따라 계속 서 있고 싶었지만 별다른 핑계를 찾지 못하여 직원을 따라 키오스크로 걸어갔다. 그 직원은 기계 앞에서 지환에게 여권을 요청했다. 지환은 가방 깊은 곳에 넣어 둔 여권을 꺼내 직원에게 주고 기계 주변에 적힌 안내문을 읽어 보았다. 그때 지환의 눈에 들어온 단어가 있었는데, '비자'였다. 지환은 흠칫 놀랐다. 지환은 일본에 갈 때 비자가 필요한지, 필요 없는지 전혀 지식이 없었다. 회사 선배들이 중국 출장을 갈 때 비자를 준비하는 것을 본 적이 있어서 중국은 비자가 필요하다는 것은 알고 있지만, 일본에 대해서는 전혀 아는 바가 없었다. 지환은 부끄러웠지만 옆에서 지환 대신 여권을 스캔하고 기계를 조작하던 직원에게 물어봤다.

"혹시 비자가 있어야 하나요?"

"아닙니다. 일본은 무비자로 여행 가능하십니다."

상냥한 직원의 대답에 지환은 기분이 좋아졌고, 어이없게 여행을 못 가는 일은 없겠다는 생각에 다행이라는 생각이 들었다. 곧 직원은 탑승권을 출력해서 지환에게 건네주었고, 지환은 직원에게 인사를 하고 돌아섰다. 이제 어디로 가야 하는지 직원에게 물어봐야 하나 싶었지만 다행히 탑승권에 적혀 있는 탑승 게이트가 눈에 들어왔고, 공항 안내판에서 탑승장 화살표를 봤기 때문에 지환은 곧바로 탑승장으로 걸어갔다.

지환의 계획보다 탑승 시간은 꽤 많이 남아 있었다. 출국 심사도 아무런 어려움 없이 쉽게 통과한 지환은 면세점 구역에서 두 시간 가까이 남은 시간을 보내야 했다. 뉴스에서 봤던 인천공항의 면세점보다는 작았지만 몇 개의 면세점이 있었고, 지환은 모든 면세점의 코너를 빠짐없이 돌아보았다. 면세점에서는 술과 담배가 싸다는 것은 익히 들었지만 둘 다 즐기지 않는 지환에게 면세점에서 살 만한 것은 아무것도 없었다.

지환은 탑승 시간을 50분 남겨 놓고 탑승 게이트 앞 의자에 앉았다. 버릇처럼 핸드폰을 꺼낸 지환은 문득 도쿄에 도착하면 뭘 해야 할까 하는 생각이 들었다. 아무리 하루 여행이지만 적어도 지도라도 봐야 하지 않을까 하는 생각이 든 것이다. 지환은 급하게 핸드폰으로 '도쿄 여행'을 검색했다. 공항의 무료 WIFI는 생각보다 빠르지 않았기 때문에 지환은 WIFI 기능을 끄고 무선 데이터를 이용했다. 평소 같았으면 무료 데이터 용량을 아끼기 위해 WIFI가 없는 곳에서는 인터넷을 잘 사용하지 않던 지환이었지만 아직 월초라 무료 데이터가 충분한데다가 마지막 날까지 굳이 통신 요금까지 신경을 써야 하나 싶었다.

평소 일본에 대해 전혀 관심도 없던 지환에게 인터넷 검색은 크게 도움이 되지 못했다. 지환은 그냥 지도로 공항의 위치와 도쿄 지하철 노선도만 확인한 뒤 핸드폰을 바지 주머니에 넣고 급하게 일어섰다. 지환이 도쿄 지하철을 검색할 때 본 것은 지하철 요금이었는데, 지환은 그전까지 환전에 대해 전혀 생각조차 안 하고 있었기 때문이다. 지환은 현금도 없었기 때문에 곧바로 ATM을 찾아 걸어갔다. ATM 기기와 환전소는 쉽게 찾을 수 있었지만, 출금 수수료와 환전 수수료 및 차액을 보고 놀라지 않을 수 없었다. 평소 환율을 표시할 때 살 때 가격과 팔 때 가격이 구분되어 나오는 것을 봤을 때 지환은 그다지 크게 관심을 두지 않았었다. 하지만 막상 환전해 보니 왜 중간에서 이렇게 많은 돈을 가져가는지 지환은 괜히 화가 났다. 더군다나 환전소 직원은 환전하고 남은 약간의 돈을 한국 동전으로 지환에게 돌려주었는데, 지환은 해외여행 가는 사람에게 이 돈을 어디다 쓰라고 주는 거지 하는 생각을 잠깐 했지만, 잘 보이는 곳에 놓여 있는 동전 모금함을 보고, 지환은 참 대단한 사람들이라 속으로 생각하며 환전소의 직원을 잠깐이지만 쳐다보고 나서야 돌아섰다.

환전을 마친 지환은 다시 탑승 게이트 앞으로 돌아가 의자에 앉았다. 지환은 창밖으로 보이는 넓은 공항과 큰 비행기들을 보며, 남들 다 가는 해외여행을 왜 인제야, 그것도 인생 마지막 날에 되어서야 왔을까 하는 생각을 했다. 해외여행뿐만 아니라 국내 여행도 거의 다녀보지 않은 지환은 그렇다고 저축을 많이 한 것도 아니었다. 1년의 직장 생활을 하면서 월세와 각종 고정비를 내기도 빠듯했으며 남는 돈은 저축이라기보다 그냥 급여 통장에 놔둔 것이 전부였다. 이렇게 허무하게 인생이 끝날 줄 알았다면 그 돈마저도 원하는 곳에 쓸 걸 하는 후회가 밀려왔다.

지환이 그렇게 지난날에 대해 후회하고 있을 때 몇몇 사람들이 탑승구 앞에서 줄을 서기 시작했다. 지환은 아무런 안내 방송도 듣지 못했기 때문에 이상한 생각이 들었지만, 사람들을 따라 자리에서 일어나 조금이라도 앞쪽에 서기 위해 빠른 걸음으로 탑승구로 걸어갔다. 한두 명이 시작한 줄서기는 그 영향이 꽤 빠르게 번져 갔다. 탑승구 앞에서 시작된 줄은 순식간에 꽤 길게 늘어섰고, 맨 앞 열 명 안에 든 지환은 왠지 모르게 기분이 좋았다. 하지만 지환은 이해가 가지 않았다. 분명 지환의 탑승권에는 좌석 번호가 지정되어 있었다. 다른 사람들도 분명 체크인할 때 좌석을 지정했을 텐데 입석 버스도 아니고 왜 사람들이 먼저 타려고 줄을 서는지 이해할 수 없었다. 비행기가 처음인 지환은 아마 타 보면 알겠지 하고 생각하며 탑승 순서가 오기만을 기다렸다.

몇십 분 뒤 지환은 비행기의 지정된 자리에 앉을 수 있었다. 지환의 예상과는 달리 빨리 비행기에 탑승한 것은 아무런 이점이 없었다. 오히려 창가 쪽이 아닌 복도 쪽 자리인 지환은 괜히 먼저 앉았다가 옆자리의 덩치 큰 아저씨가 들어올 때 자리를 비켜 주기 위해 일어나야 하는 번거로움을 겪어야 했다. 지환은 비행기의 문이 닫히기 전까지도 뭔가 이점이 있겠지 하는 기대하고 있었지만 끝내 아무런 장점을 찾을 수 없었다.

두 시간이 약간 넘는 비행 시간 동안 지환은 아무것도 하지 않은 채 가만히 앉아서 비행기 앞쪽에 달린 모니터만을 바라봤다. 원래 지환에게 토요일 낮은 낮잠 시간이었다. 그런 탓에 지환은 매우 졸렸지만, 이 아까운 시간에 잠을 잘 수는 없다는 생각에 눈을 부릅뜨며 비행기 착륙 시간까지 잠을 버텨 냈다.

도쿄에 도착한 비행기는 착륙 후에도 서서히 움직이며 승객을 내려 주지 않았다. 비행기가 출발할 때도 승객이 모두 탑승한 후에 이륙할 때까지 꽤 오랜 시간이 지났었는데, 착륙해서도 이렇게 많은 시간이 필요하다니 총 소요 시간 두 시간 중에 실제로 하늘을 나는 시간은 얼마 안 되겠다고 하는 생각을 하며 지환은 비행기에서 내리는 시간만을 기다렸다.

얼마 뒤 비행기가 멈추자 사람들이 일제히 자리에서 일어났다. 분명히 일어나지 말라고 안내 방송을 들은 듯했는데, 지환을 빼고 거의 모든 사람이 자리에서 일어나 짐을 챙기기 시작했다. 지환도 자리에서 일어나 머리 위 짐칸에 실어 놓았던 가방을 꺼냈다. 그런데 그때 지환에게 비행기 탑승 전 줄 서기의 기억이 떠올랐다. 이번에는 안 속는다고 생각한 지환은 가방을 앞에 안고 다시 자리에 앉았다. 역시 자리에서 일어난 사람들은 각자 자리와 통로에 서서 한참을 기다려야 했다. 지환은 속으로 왜 다들 이렇게 학습 능력이 없는지 다른 사람들을 비웃었다.

곧 사람들이 빠르게 비행기에서 내리기 시작했다. 지환은 다른 사람들이 거의 다 지나갔을 무렵, 자리에서 일어나 천천히 걸어 나갔다. 지환의 뒤로 한 중년 부부가 있었는데, 지환은 그들의 대화를 들을 수 있었다.

"여보, 다들 빨리 가는데 우리만 너무 늦게 가는 거 아니야?"

"아니라니까. 저렇게 가 봐야 아무 소용이 없어. 저렇게 가 봐야 짐 찾는 곳에서 다 만나게 되어 있어."

"아, 맞다. 짐은 빨리 간다고 먼저 찾을 수 있는 게 아니니까."

지환은 약간 이상함을 느꼈다. 짐 찾는 곳에서 다 만난다니. 하지만 지환은 따로 맡긴 짐이 없었고, 지금 매고 있는 가방이 전부였다. 그렇다면 짐 찾는 곳을 그냥 지나칠 수 있다는 것이고, 그러면 공항 밖으로 먼저 나갈 수 있다는 얘기다. 지환은 속으로 아차 싶었다. 지환은 핸드폰으로 시계를 보았다. 오후 1시 20분. 오늘, 아니 지환의 인생이 열한 시간도 남지 않은 것이다. 지환은 갑자기 마음이 급해졌다. 그냥 아까 사람들을 따라 일어서서 나갔다면 이 아까운 시간을 공항 안에서 허비하지 않았을 텐데 하는 생각이 들어서였다. 지환은 빠른 걸음으로 앞선 사람들을 따라잡기 위해 걷기 시작했다.

빠른 걸음으로 많은 사람을 지나친 지환은 얼마 지나지 않아 입국 심사하는 곳에 도착했다. 약간 긴장을 했던 지환은 한마디도 하지 않고, 여권에 입국 도장을 받고 통과

할 수 있었다. 그리고 생각보다 영어로 안내가 잘 되어 있는 공항 내부의 표지판을 따라 지환은 쉽게 지하철을 타는 곳까지 갈 수 있었다. 지환은 지하철을 타기 전 목적지를 결정해야 했는데, 한국에서 비행기에 탑승하기 전에 인터넷으로 도쿄를 검색했을 때 가장 많이 봤던 지역이었던 긴자를 찾아가기로 했다. 지환에게는 어떤 지역이 좋은지 자세히 검색하고 결정할 시간은 없었다. 생각나는 대로 빨리 결정하고, 빨리 움직여야 했다. 남은 시간 동안 최대한 많이 보고, 많이 즐겨야 한다고 생각했는데, 한국과 크게 다를 바 없이 복잡하기만 한 지하철역에서 쓸데없이 고민하는 데에 낭비할 시간은 없었기 때문이다. 물론 지환은 도쿄의 대중교통이나 긴자에 가는 방법 등에 대해 전혀 아는 바가 없었다. 그래서 지환은 핸드폰의 데이터 로밍 설정을 켜고 인터넷 검색을 하며 지하철 타는 방법부터 긴자에 도착하는 방법까지 모조리 검색했다. 데이터 로밍 요금이 얼마나 많이 나올지 가늠도 되지 않았지만 그런 곳에 신경을 쓸 겨를도 없었다. 그렇게 빠른 걸음과 빠른 검색으로 지환은 거의 헤매지 않고 늦지 않게 목적지에 도착했다.

긴자 역에 도착한 시간은 오후 세 시가 약간 넘은 시간이었다. 막상 도쿄에서 번화한 시내를 찾아오긴 했지만 와서 무엇을 해야 할지 하나도 정하지 못한 지환은 잠깐 그 자리에 서서 주위를 둘러보았다. 토요일 오후 세 시. 그것도 도심 한복판. 너무나도 많은 인파에 놀란 지환은 아무런 생각이 들지 않았다. 어느 길을 걸어도, 어느 가게를 가도 사람들로 꽉 차 있을 것이 분명해 보였다. 하지만 지환은 이내 인생에서 처음이자 마지막 일 해외여행인데 그냥 걸으면서 사람 구경만 해도 좋지 않겠는가 하는 긍정적인 생각을 갖기로 하고, 무작정 걷기 시작했다.

큰 길가에는 일본이라고 느껴지지 않을 만큼의 유명한 브랜드 상점들이 많았다. 명품과는 거리가 멀었던 지환조차 한 번쯤은 들어 본 패션 브랜드, 시계 브랜드 등 명품 가게들이 줄지어 있었다. 지환은 아주 가끔 백화점에 갈 일이 있어도 1층 명품 판매장은 최대한 빨리 지나쳤었다. 가게 내부에 들어가기는커녕 밖을 지나가면서 가게 안쪽을 쳐다보는 그것조차도 왠지 부끄러워서 고개도 돌리지 않고 빨리 걸어갔었던 지환이었다. 그런 기억이 떠오르자 지환은 오늘은 한번 들어가 보자 하는 마음이 생겼다. 지환은 가까운 명품 옷 가게에 들어가기로 하고 가게를 향해 길을 건너 걸어갔다. 가게가 가까워지면서 투명한 유리창을 통해 가게 안쪽을 볼 수 있었는데, 한국 백화점과는 달리 이미 사람이 꽤 많이 들어가 있었다. 너무 복잡해 보이는 것을 확인한 지환은 가게 앞에서 잠깐 고민하다가 유리에 비친 본인의 모습을 보고 흠칫 놀랐다. 후줄근한 베이지색 면바지와 브랜드 로고조차 없는 회색 티셔츠. 거기에 배낭 하나. 명품 가게에 들어가기엔 너무나 초라한 차림처럼 보였다. 그냥 들어가지 말까 고민할 때 지환의 눈에는 자신보다 더 격식 없는 차림으로 가게에 들어가 있는 몇몇 사람들이 보였다. 지환은 그들에게 용기를 얻어 가게로 들어갔다. 지환의 걱정과는 달리 가게 점원을 포함해 아무도 지환의 행색에 신경을 쓰는 사람은 아무도 없었다. 지환은 분명 이 차림으로 한국 백화점 명품 판매장에 들어갔다면 점원들이 위아래로 훑어보며 '이 사람은 오늘 안 사겠구나' 하는 듯한 표정으로 봤을 터라는 생각을 해 보며 가게 안을 돌아다녀 보았다.

원래 패션에 관해 관심이 없었던 지환에게는 명품들에 전혀 관심이 가지 않았고, 손님 중 가장 짧은 시간 동안 머문 사람이라고 느낄 정도로 빨리 가게에서 나왔다. 지환은 어차피 마지막 날이니 돈을 아끼지 않고 뭔가 자신에게 선물을 해 주고 싶은 마음이 있었지만, 그 가게에는 마음이 가는 물건이 전혀 없었기 때문에 다른 가게를 찾아 많은 사람 틈을 비집고 역시 빠른 걸음으로 계속 시내를 돌아다녔다.

얼마 후 지환의 눈에 들어온 가게가 있었다. 그곳은 바로 신발 전문 매장이었다. 지환은 자신도 모르게 미소가 지어졌다. 오늘 아침 확인했던 지환의 버킷 리스트 항목 중 가장 한심하게 여겨졌던 운동화 구매가 생각났기 때문이다. 드디어 버킷 리스트 중 한 가지를 할 수 있겠다는 생각에 지환은 신이 나서 가게 안으로 들어갔다.

가게 안에는 꽤 많은 신발 브랜드가 있었다. 지환은 발뒤꿈치를 들어 지환이 찾아야 하는 나이키 브랜드 위치를 찾아보았다. 지환은 키가 그리 크지 않았지만, 한쪽 면에 꽤 큰 비중을 차지하고 있는 나이키 로고를 쉽게 찾을 수 있었고, 수많은 사람 사이를 빠져나가며 나이키 신발이 모여 있는 곳에 도착했다. 지환은 벽에 진열된 신발들을 눈으로 빠르게 돌아보며 지환이 원하는 운동화를 찾기 시작했다. 한국에서는 신발 모양보다 가격표를 먼저 봤던 지환이었지만, 일본에 도착하면서부터 돈은 신경 쓰지 않았기 때문에 가격표가 아닌 디자인, 정확히는 지환이 어릴 적 부의 상징으로 여겼던 바닥 전체가 에어로 되어 있는 운동화를 찾기 위해 나이키 구역 구석구석을 살펴보았다. 하지만 너무 오랜만에 신발을 사기 위해 직접 매장에 온 탓이었을까? 지환의 기억에는 에어가 많이 들어간 신발이 비싼 신발이고, 매장의 주력 상품이었다. 그런데 요즘 운동화 유행이 어떻게 된 것인지 에어가 보이지 않는 운동화들이 벽면을 가득 채우고 있었다. 그래도 지환은 사람들을 밀쳐 가며 구석구석을 살폈고, 마침내 한 구석에서 바닥 전체가 파란빛이 돌면서 투명한 에어로 되어 있는, 그리고 흰색 나이키 로고가 멋스럽게 붙어 있는, 심지어 발뒤꿈치 쪽에 신발을 쉽게 신을 수 있도록 손가락을 걸 수 있는 곳에조차 나이키 자수가 박혀 있는 꿈의 운동화를 발견해 냈다. 지환은 정말 행복한 표정으로 진열된 신발에 손도 넣어 보고, 두툼한 에어도 손가락으로 눌러 보고, 계속 만지작거렸다. 어린 지환이가 그토록 원했던 신발을 드디어 손에 넣은 것이다.

지환은 마음을 가다듬고 진열된 상품의 치수를 확인해 보았다. 265mm. 지환은 발이 큰 편이 아니었기 때문에 구두는 보통 260에서 265를 신고, 운동화는 보통 270 정도를 신는다. 지환은 고개를 돌려 직원을 찾아봤지만 가게 안에 사람이 너무 많은 탓에 직원을 찾을 수가 없었다. 우선 지환은 남은 치수가 없다면 진열된 신발이라도 사야 한다고 생각했기 때문에 진열된 신발을 들고 한쪽 구석으로 가서 왼쪽 발을 신발에 넣어 봤다. 약간 꽉 끼는 느낌이 들었지만, 아예 신지 못할 정도는 아니었다.

지환은 다시 신발을 갈아 신고, 진열되어 있었던 신발 한쪽을 높이 들고 직원을 찾기 시작했다. 지환은 곧 사람들 사이에서 매장 유니폼을 입은 직원의 뒷모습을 발견했고, 신발 한쪽을 들고 직원을 향해 걸어갔다. 직원 뒤에 도착했을 때 지환은 잠깐 멈칫했다. 여기는 일본이고, 지환은 일본어를 못하기 때문이었다. 지환이 졸업한 고등학교에서는 일본어를 가르쳤었는데 일본어 성적이 좋지도 않았고, 고등학교 졸업 후 일본어를 단 한 번도 써 볼 일이 없었던 지환은 인사말조차 생각이 나지 않았다. 그때 그 직원이 뒤를 돌아봤고, 지환과 눈이 마주쳤다. 지환은 당황하며 아무 말도 못 하고 있었는데, 한쪽 손에 신발을 들고 있는 지환을 본 직원이 먼저 말을 했다.

"Which size?"

지환이 일본 사람이 아닌 것을 어떻게 알았는지 직원은 한 치의 망설임도 없이 영어로 말했다. 하지만 지환은 당황해서 직원이 말을 알아듣지 못하고 눈만 깜빡이고 있었다. 그러자 직원이 좀 더 큰 소리로 다시 말했다.

"Size?"

지환은 그제야 알아들었지만 간단한 영어조차 생각이 나지 않아 이렇게 말했다.

"Two… Seven… O."

지환은 신발을 들고 있지 않은 왼손으로 동그라미 모양을 만들며 마지막 숫자를 표현했다. 직원은 알아들었는지 이렇게 말했다.

"Two, seventy, right?"

지환은 미소를 보이며 동그라미 모양을 만들었던 손의 세 손가락을 펴며 okay 사인을 만들어 보였다. 그 신호를 본 직원은 어디론가 잽싸게 사라졌다가 잠시 후 오렌지색 상자를 들고 지환 앞에 나타났다. 직원은 지환 앞에 몸을 숙이고 앉아 상자를 열어 주고 신발을 꺼내 주었다. 지환은 혹여나 진열 신발을 누가 뺏어갈까 봐 직원이 꺼내 준 신발 옆에 가지런히 놓고, 새 신발을 신어 보았다. 두 발 모두 편안하게 잘 맞았고, 기분 탓인지 에어 탓인지 바닥이 정말 푹신푹신하게 느껴졌다. 지환은 환한 미소를 보이며 다시 한번 직원에게 okay 사인을, 이번에는 양손으로 보여 줬다. 직원도 그런 지환의 모습이 웃겼는지 환하게 웃으며 고개를 끄덕였다. 지환은 새 신발 옆에서 너무 지저분하고 초라해 보이는 옛 신발을 다시 갈아 신었다. 직원은 신발을 다시 상자에 넣더니 따라오라는 손짓을 했다. 지환은 직원을 따라 계산대에 도착했고, 지갑에서 신용카드를 꺼내 결제했다. 회사 입사 후 급여 통장을 개설하면서 만들었던 신용 카드를 볼 때마다 그냥 국내 전용으로 할 걸 괜히 해외 결제가 되는 카드로 만들었다고 후회를 많이 했던 지환이었는데, 처음으로 해외 결제 가능 카드로 만든 것을 다행이라고 생각했다. 결제 후 영수증을 주려는 직원에게 지환은 양 손바닥을 흔들며 'No'라고 말한 뒤 큰 종이 가방을 받아 가게를 나왔다.

빨리 새 운동화로 갈아 신고 싶었던 지환은 가게에서

나오자마자 앉을 곳을 찾아 두리번거렸다. 마땅히 앉을 자리를 찾지 못한 지환은 다시 가게에 들어가 계산대 옆에 있던 의자에 앉았다. 상자를 열고 신발을 꺼내 운동화 끈을 모두 풀었다. 물론 그대로 신고 매듭만 묶으면 신을 수도 있는 상태였지만 지환의 기준으로는 만족스럽지 않은 끈 상태였기 때문에 처음부터 제대로 묶기 위해 신발 끈을 모두 풀었다. 지환은 신발 끈을 정확히 반으로 접어 운동화 양쪽 구멍으로 차례차례 꼽기 시작했다. 마지막 매듭만을 남겨 놓고 왼발을 집어넣은 지환은 오른쪽 운동화도 같은 방법, 방향은 대칭으로 운동화 끈을 끼워 나갔다.

손님들로 매우 북적이는 가게 한구석에서 자리를 차지하고 앉아 짧지 않은 시간 동안 끈을 새로 묶고 있는 것은 사람들의 따가운 시선을 받을 법도 했지만, 지환은 다른 사람들의 시선을 신경 쓸 겨를이 없었다. 나름 꽤 오랜 꿈을 이룬 순간인데 대충 신을 수는 없는 신발이었기 때문이다.

양쪽 운동화의 매듭까지 마무리 지은 지환은 자리에서 일어나 몇 번의 제자리걸음을 해 보았다. 역시나 너무 만족스러웠다. 지환은 오래전 인터넷 쇼핑으로 샀던 이름 없는 브랜드의 운동화를 새 운동화 상자에 넣고, 버릴 곳을 찾았다. 점원에게 부탁할 자신이 없던 지환은 가게 밖으로 나왔다. 다행히 가게 옆으로 난 좁은 길 뒤편에 상자나 쓰레기를 모아 놓은 곳을 발견한 지환은 쌓여 있는 상자가 쓰러지지 않게 맨 위에 조심스럽게 상자를 놓고 다시 큰길로 돌아왔다. 가게 앞으로 돌아온 지환은 유리창에 신발을 이리저리 비춰 보았다. 에어의 쿠션을 느껴 보기 위해 발뒤꿈치를 바닥에 세게 눌러 보기도 하고, 제자리에서 점프를 두 번 연속 해 보았다. 그때 지환은 유리창에 비친 자신의 밝은 얼굴을 보았는데 두 가지 생각이 동시에 들었다. 이렇게 좋은 걸, 이렇게 하고 싶어 했던 걸 왜 인제야, 생의 마지막 날이 되어서야 했을까…. 이 생각과 동시에, 몇 시간 있으면 죽을 텐데 저렇게 생각 없이 웃고 싶을까….

기쁨과 한심함이 동시에 느껴지며 얼굴의 웃음기는 사라지고, 다시 깊은 한숨이 새어 나왔다. 네 시 이십 분. 이제 여덟 시간도 남지 않았음을 확인한 지환은 몸에 힘이 빠지는 것을 느꼈다. 고개를 숙이고 새 운동화를 보던 지환은 오늘 처음으로 배고픔을 느꼈다. 생각해 보니 비행기 안에서 간단한 스낵과 음료수를 제외하고는 어떠한 음식물도 먹지 않았었다. 지환은 큰 길가에서는 음식점을 본 기억이 없었기 때문에 좀 더 작은 골목으로 걸어가며 식당을 찾기 시작했다. 이곳이 진짜 일본이 맞나 싶을 정도로 영어만 있던 큰 길가 상점들과는 달리 좀 더 깊숙한 길에는 일본어, 한자가 섞여 쓰인 간판들만이 보였다. 어두운 빨간색에 검은 글씨, 일장기를 떠올리는 색깔의 간판들, 조선시대 왜군을 떠오르게 하는 복장과 머리 모양을 한 간판들…. 몇 분간 일본 특유의 상점 간판을 보고 있던 지환은 문득 이런 생각을 하게 됐다.

'아, 맞다. 나 일본 싫어했지.'

딱히 일본에 대해 나쁜 기억이 있는 것은 아니었다. 그냥 학창 시절 보통의 국사 교육을 받고, 일제강점기의 만행과 현재까지 이어 오는 그들의 행태에 대해 보통의 우리나라 사람들이 가지고 있는, 그냥 딱 그 정도의 반감이었다. 하지만 싫어하는 마음이 생기니 일본어 글씨도 보기 싫어지면서 이 길거리를 벗어나고 싶은 마음이 배고픔을 밀어내기 시작했다. 지환은 이 거리를 벗어나기 위해 빠른 걸음으로 걸어 나갔다.

얼마 지나지 않아 지환은 익숙한 글씨를 보게 되었는데, 바로 맥도널드였다. '일본까지 와서 한국에도 있는 걸 먹어야겠나'라는 생각이 아주 잠깐 들었지만, 지환은 한 끼를 때우는 데에 더 이상의 아까운 시간을 낭비하고 싶지 않았다. 지환은 말 한마디 하지 않고 손가락으로 메뉴판을 찍어 쉽게 주문했고, 가게 한구석에서 세트 메뉴를 먹으며 지도를 살펴봤다. 더는 길거리에서 시간을 허비하고 싶지 않았기 때문이다.

지환은 가게에서 나와 핸드폰 지도에서 본 대로 큰길을 따라 남쪽으로 걸었다. 이제 얼마 있지 않아 해가 질 시간인데 지환은 마지막 일몰을 보고 싶었다. 하지만 아쉽게도 지환이 있는 도쿄는 남쪽과 동쪽 바다는 볼 수 있지만 서쪽 바다를 볼 수 있는 도시가 아니었다. 아쉬운 대로 남쪽 바다라도 보고 싶었지만, 바닷가로 가기 위해 다시 지하철로 한 시간 넘게 가는 것은 이제 고작 일곱 시간의 시간만이 남아 있는 지환에게 무리였다. 그래서 지환은 지도에서 바다를 볼 수 있는, 걸어서 20분이면 갈 수 있는 가장 가까운 공원을 찾았고, 남쪽에 있는 그 공원을 향해 빠른 걸음으로 복잡한 인파 속을 가르며 걸어갔다.

잠시 후 큰길을 건너기 위해 육교를 건너가던 지환은 육교 밑으로 큰 버스가 지나가는 것을 보고 걸음을 멈추었다. 빨간색 이층 버스. 그런데 2층에는 지붕이 없는, 시티투어 버스로 보이는 큰 버스가 육교를 건너고 있던 지환의 아래로 지나가고 있었다. 지환은 그 버스를 보자마자 한 단어가 떠올랐다.

'오픈카.'

지환은 지나가는 버스를 눈으로 좇으며 이렇게 생각했다.

'그래, 저것도 오픈카다.'

지환은 지도를 보기 위해 왼손에 들고 있던 핸드폰 화면을 끄고, 주머니에 넣었다. 그리고 육교의 올라왔던 계단으로 다시 뛰어 내려가 버스를 향해 뛰기 시작했다. 새 운동화 탓인지 아니면 버킷 리스트에 있는 소원을 이루기 위해서인지 지환은 자신이 평소보다 꽤 빠르다고 느끼며 금방 버스를 따라잡을 것 같은 확신이 들었다.

그러나 채 2분이 지나지 않아 지환은 가쁜 숨을 몰아쉬며 거의 걷는 속도로 뛰고 있었다. 하지만 정말 다행히도 교통 체증으로 버스는 지환보다도 더 늦게 가고 있었고, 얼마 지나지 않아 지환은 인도로 차도에 있는 버스를 따라잡을 수 있었다. 하지만 지환은 버스정류장을 찾아야 했기 때문에 계속 빠른 걸음으로 큰길을 따라 계속 걸었다.

얼마 지나지 않아 지환은 도쿄 관광버스 정류장에 도착했고, 요금을 확인해 보았다. 그런데 요금은 딱 두 종류, 1일권 또는 2일권이었다. 고작 몇 시간 있으면 죽을 사람한테 1일권이라니…. 하지만 지환은 지갑 속에 있는 일본 현금이 생각났다. 비싼 수수료를 내며 환전을 해 왔는데도 지환은 계속 카드만 써 왔다. 지환은 숨을 몰아쉬며 50미터 정도 거리에서 정류장을 향해 오고 있는 버스를 기다렸다.

지환은 버스에 타서 1일권을 결제했다. 버스에 타기 전 확인한 시간표에 따르면 이 버스는 고작 두 시간 정도 후에 오늘 운행을 마칠 것이다. 그런데 두 시간을 위해 1일권을 결제하는 고객을 이상하게 여길 만도 했지만 아무 말 없이 현금을 받고, 거스름돈을 건네주는 직원에게 지환도 웃으며 인사하고, 2층으로 올라갔다. 2층에는 이미 꽤 많은 사람이 앉아 있었다. 지환은 아마 이 사람 중에는 아까 육교에서 갑자기 뒤돌아 뛰는 자신을 본 사람도 있겠다고 생각하며 맨 앞에서 세 번째 오른쪽 창가에 자리를 잡았다. 버스의 속도는 그다지 빠르진 않았지만 2층 높이에서 느껴지는 체감 속도는 실제 속도보다는 꽤 빠르게 느껴졌고, 시원한 느낌이 들었다. 하지만 버스는 20분이 채 되지 않아 종점으로 보이는 곳에 도착했다. 순환버스라 딱히 종점의 개념은 없는 것 같았지만 사람 대부분이 내리는 것을 보고, 지환도 같이 일어나 1층으로 내려가려고 했었다. 하지만 버스 밖에 이 버스를 타기 위해 줄 서 있는 사람을 보고, 지환은 2층 뒤편 창가 의자에 다시 앉았다. 처음에 앉았던 자리는 2층 맨 앞 유리창이 바람을 다 막고 있었기 때문에 진짜 오픈카처럼 좀 더 시원한 바람을 느끼기 위해 뒷자리로 자리를 옮긴 것이다.

지환은 지도도 확인하지 않은 채 버스가 움직이면 움직이는 대로, 버스가 멈추면 멈추는 대로, 버스가 보여 주는 광경만을 계속 보았다. 지환은 아무런 생각도 하지 않고, 아니 곧 다가올 마지막 순간에 대해 생각하지 않으려 억지로 노력하며 점점 어두워져 가는 도쿄 시내를 구경했다. 수많은 자동차를 보고, 수많은 사람을 보고, 수많은 높은 빌딩을 보고, 또 스쳐 보내기를 반복했다.

'이렇게 많은 사람은 내일도 오늘처럼 아무렇지 않게 잘 살 텐데…. 나 하나 사라져도 누구도 신경 쓰지 않고 이 세상은 돌아갈 텐데…, 왜… 나만….'

아무 생각을 하지 않기 위해 노력하고, 또 노력했던 지환이었지만 오른쪽 눈에서 흐르는 눈물을 참지 못하고 흘려보냈다. 아침부터 바쁘게 비행기표를 사고, 일본까지 와서 신발도 사고, 오픈카도 타고, 정말 정신없이 하루를 보냈는데 이제 점점 끝이 다가오는구나 싶은 생각이 들어 지환의 눈에서는 눈물이 계속 흘렀다. 그래도 말도 안 되는 버킷 리스트였지만 결국 마지막 날이 돼서야 세 개 중에 두 개나 이뤘다는 생각에 지환은 헛웃음이 났고, 양 손바닥으로 흐르는 눈물을 닦아 냈다.

'오로라.'

지환은 단 하나 이루지 못한 소원을 떠올렸다. 고등학교 때 과학책에서 오로라 사진을 본 이후 지환은 꼭 돈을 많이 벌어서 오로라를 직접 보러 가겠다고 다짐했고, 그 이후 단 한 번도 변하지 않았던 지환의 가장 큰 소원이 오로라였다. 지환은 이 평생소원의 단 한 번 큰 감동을 위해 돈과 시간이 갖추어지기 전까지는 다큐멘터리나 유튜브를 통해서도 일부러 오로라의 모습을 보지 않기 위해 노력했었다. 혹시나 미리 매체를 통해 본 모습에 비해 실제로 본 오로라가 그에 미치지 못할 경우를 대비해서였다. 그런데 이렇게 허무하게 인생이 끝날 줄 알았다면 그렇게라도 봐둘 걸 하는 후회가 몰려왔다.

'유튜브.'

지환은 갑자기 정신이 맑아지는 느낌이 들었다. 아직 시간이 남았고, 비록 실제는 아니지만 마지막 소원을 이룰 기회가 있다는 생각이 들었다. 어차피 오픈카도 버스로 대신했으니 화질 좋은 유튜브 영상을 찾아서 자세히 보면 되는 것이다. 하지만 지환은 핸드폰으로 보기엔 너무 작으니 조금 더 큰 화면을 찾아야겠다고 생각했다.

버스는 시내 한 바퀴를 돌아 종점이라고 생각했던 곳에 다시 도착했다. 19시 25분. 지환은 어느덧 많아진 사람들과 함께 버스 2층에서 1층으로, 다시 버스 밖으로 내렸다. 지환은 핸드폰 지도를 켜서 근처 전자 제품 판매장을 검색했다. 다행히 바로 근처에 애플 매장이 있었다.

지환이 살고 있는 집에는 월세로 입주할 때 옵션으로

있던 TV가 있었지만 거의 모든 영상을 핸드폰으로 봤다. 태블릿을 가진 사람을 보며 '핸드폰을 가까이서 보면 되지, 침대에서 태블릿 들고 보면 떨어뜨려서 얼굴이나 다치지', 이렇게 생각하며 필요 없는 물건이라고 애써 생각해 왔었다. 하지만 인생의 마지막 날, 마지막 소원을 이루기 위해 그 정도는 살 수 있다고 생각하며 애플 매장으로 들어갔다.

지환은 태블릿이 전시된 곳으로 갔다. 입구와 가장 가까운 곳에 있던 태블릿 앞으로 간 지환은 전시된 태블릿을 손으로 들어 보았다. 생각보다 가볍다고 느끼며 화면 크기를 비교해 보기 위해 지환은 주머니에서 핸드폰을 꺼내 나란히 대 보았다. 거의 두 배가 넘는 화면 면적에 만족하며 지환은 핸드폰을 빨리 주머니에 다시 넣었다. 지환의 핸드폰은 구매한 지 5년이 넘은 구형 핸드폰이었고, 액정에도 금이 가 있는 상태였다. 케이스도 색이 바랬을 정도로 오래되고 지저분했다. 신형 핸드폰을 구경하는 사람들에게 지환은 자신의 핸드폰을 보여 주기 부끄러웠다. 지환은 태블릿을 구매하기 위해 직원을 찾았다. 직원을 부르기 위해 주위를 살피려던 지환은 옆에 있는 조금 더 큰 크기의 태블릿을 보았다. 먼저 보았던 태블릿보다 훨씬 크고 화면도 선명해 보였다. 기기 옆 라벨을 보니 먼저 봤던 태블릿은 8인치 정도였고, 이 태블릿은 11인치였다.

'아무래도 큰 화면으로 보는 게 더 좋겠지.'

이렇게 생각하던 지환에게 맞은편 진열대에 더 큰 태블릿이 보였다. 건너편으로 가서 보니 그 태블릿은 12.9인치. 지환의 입에서 작은 한숨이 나왔다. 그 태블릿이 마음에 들지 않았다거나 가격이 비싸서는 아니었다. 계속 큰 화면을 찾다 보니, 바로 옆 구역에 있는 노트북 컴퓨터가 보였기 때문이다. 지환은 또 자리를 옮겨 노트북 컴퓨터가 진열된 곳으로 가보았다. 13인치. 그다음에는 14인치. 마지막으로 16인치까지…. 하지만 그게 끝이 아니었다. 지환의 동선의 끝에는 24인치 일체형 컴퓨터와 27인치 모니터, 32인치 모니터가 나란히 있었다.

시작은 분명 핸드폰보다 조금 더 큰 화면의 태블릿을 구매하는 것이었다. 좀 더 큰 화면, 좀 더 좋은 화질을 찾다 보니 32인치 모니터 앞까지 오게 된 지환은 이렇게 생각했다.

'이럴 거면 TV가 낫지…. TV?'

문득 지환은 TV라는 단어에 정신이 번쩍 들었다. 요즘 웬만한 호텔에는 분명 32인치보다는 큰 TV가 설치되어 있을 것이 분명했다. 지환은 오늘 틈틈이 마지막을 어디서 보낼까 고민해 봤었는데, 길거리에서 마지막을 맞기보다는 호텔이라도 찾아서 마지막 밤을 보내는 것이 낫겠다는 잠정적인 결론을 내린 상태였다. 호텔 방에는 TV가 설치되어 있을 테니 굳이 태블릿이나 노트북 컴퓨터를 사느니 핸드폰을 TV에 연결할 방법을 찾는 게 훨씬 좋겠다는 생각이 들었다.

지환은 매장 벽면을 따라 케이블을 찾기 시작했다. 매장 한쪽 편에 모여 있던 액세서리가 진열된 곳에서 지환은 한쪽은 핸드폰 커넥터, 다른 한쪽은 HDMI 커넥터가 있는 케이블을 찾았다. 지환은 그 옆에 진열되어 있던 1.5미터 HDMI 케이블까지 함께 두 제품을 손에 들고 직원을 부르기 위해 손을 들고 손바닥을 흔들어 보였다.

지환은 케이블과 커넥터를 구매한 뒤 매장에서 나왔다. 8시 5분. 이제 지환에게 필요한 것은 네 시간이 남지 않은 마지막 시간을 보낼 호텔을 찾는 일 하나였다. 핸드폰 지도를 통해 확인해보니 현재 지환의 주변에 꽤 많은 호텔이 있었다. 하지만 직접 호텔로 찾아가서 영어로 대화할 생각을 하니 벌써 갑갑한 느낌이 들었다. 그래서 지환은 호텔 숙박 앱을 열어 오늘 밤 예약이 가능한 호텔을 검색했다. 조금만 더 걸어가서 도쿄역을 건너가면 꽤 많은 호텔이 모여 있었지만, 지환은 가장 가까운 호텔로 결정하고 가장 저렴한 일반실로 선택 후 결제했다. 예약자 정보 몇 가지를 입력하고 카드 번호를 넣자 예약 진행 중이란 메시지가 나왔다. 지환은 혹시 예약 확정까지 오래 기다려야 하나 아주 잠깐 걱정을 했지만, 곧 예약 확정이란 메시지로 바뀐 것을 보고 안도했다.

지환은 예약한 호텔을 향해 걸어가며 오늘의 마무리, 아니, 인생을 마무리할 계획을 세워 보았다. 정확히 몇 시에 생이 마감하는지는 알지 못했지만, 지환이 잠드는 시간이 마지막이 될 것이 분명해 보였다. 단 몇 분이라도 좀 더 이 세상에 머무르고 싶지만 사실 지환의 몸은 당장이라도 누우면 곧바로 잠이 들 것 같은 상태였다. 아침 일찍부터 지금까지 지환은 정신적으로나 신체적으로 지칠 대로 지친 상태였다. 그래도 지환은 호텔에서 잠깐이라도 쉬면서 먹을 수 있는 간식을 사기로 했다. 호텔로 걸어가는 길에 편의점을 봤는데 시원한 맥주 한잔이 생각났기 때문이다. 지환은 편의점에서 맥주 두 캔과 감자 칩 과자 한 봉지를 사고 나와 편의점 앞에서 그것들을 가방에 넣었다. 물론 호텔에서 음식을 사서 들어간다고 제지하지는 않을 것 같았지만, 영어나 일본어를 제대로 구사하지 못하는 지환은 대화거리를 최대한 만들지 않는 것이 좋겠다고 생각했기 때문이다.

곧 호텔에 도착했고, 지환은 핸드폰의 예약 확인 화면을 보여 줬다. 직원은 여권을 요청했고, 지환은 가방 안의 음식물이 보이지 않도록 지퍼를 조금만 열고 손을 넣어 여권을 꺼내 직원에게 건넸다. 직원은 별말 없이 컴퓨터로 몇 가지 입력을 하고, 지환의 여권을 스캔하더니 서류 하나를 내밀었다. 지환은 서류를 읽어 봤고, 보증금에 관한 내용도 있음을 알 수 있었다. 지환은 필요 이상으로 너무 많은 돈을 환전해 왔고, 버스를 제외하고는 거의 현금을 쓰지 않았기 때문에 지갑 속에 있는 현금으로 보증금을 제출했다. 직원은 영수증과 함께 객실 카드키를 전해 주었다. 그러면서 지환에게 뭔가 영어로 설명해 주었는데, 다행히 지환은 몇 개의 단어를 알아들을 수 있었다.

'Breakfast, six, 8th floor.'

지환은 조식에 관한 내용임을 대충 알 수 있었지만, 어차피 자신에게 아무런 필요가 없다는 것을 곧 깨닫고, 이해했다는 듯 고개를 끄덕였다. 지환은 여권과 영수증, 카드키를 받아 손에 들고, 엘리베이터로 향했다.

지환의 방은 11층이었다. 엘리베이터에서 내려 방에 들어간 지환은 가장 먼저 멋진 도쿄 야경에 놀랐고, 혼자 숙박하러 온 사람에게 굳이 침대 두 개가 있는 방을 배정한 호텔 직원에 또 한 번 놀랐다. 지환은 매고 있던 가방을 의자에 내려놓고 창가로 향했다. 반쯤 가려져 있던 커튼을 끝까지 열어 도쿄 시내의 야경을 내려다보았다. 좀 더 비싼 호텔의 높은 층의 객실이었다면 더 멋진 야경을 볼 수 있었을 테지만 11층에서 내려다보는 도쿄역의 수많은 선로와 그 건너서 보이는 높은 빌딩들의 반짝이는 모습까지 이 정도면 충분히 훌륭한 경치고, 평생 누려 보지 못한 호사라는 생각이 들었다. 사실 정확한 환율로 계산해 보지 않았지만 대략 30만 원이 넘는 돈을 1박에 사용했으니 호사라기보다 정확히는 사치가 맞겠다고 생각했다.

5분 정도 가만히 경치를 감상했던 지환은 가방을 열고

안에 있는 짐을 하나씩 꺼냈다. 먼저 맥주와 과자를 꺼내 TV 테이블 겸 책상 한쪽에 올려놓고, 여권과 지갑은 카드 키와 함께 TV 앞에 내려놓았다. 그리고 다음으로 지환의 손에 잡힌 것은 TV 연결 케이블. 지환은 TV 앞에 있던 리모컨을 서둘러 확인해 보았다. 다행히 리모컨에는 입력 소스를 선택하는 버튼이 있었다. 지환은 구매했던 케이블을 들고 TV와 벽 사이의 틈으로 머리를 집어넣었다. 비어 있는 HDMI 커넥터에 케이블을 꽂고, 반대편에는 핸드폰을 연결해 보았다. 리모컨으로 입력 소스를 바꾸고 핸드폰 화면이 TV 화면에 제대로 나오는 것을 확인하고 나서야 지환은 안도의 한숨을 쉬었다.

가방 제일 밑에는 오늘 아침에 집에서 입었던 반바지와 티셔츠를 꺼냈다. 지환은 그제야 신고 있던 운동화를 벗어 들고 객실 입구 문 옆에 가져다 놓았다. 그리고 갈아입을 옷을 들고 화장실로 들어갔다. 지환은 욕조에 뜨거운 물을 가득 채우고 그 안에 들어가 몸을 목까지 그 물에 담그려는 계획을 하고 있었다. 지환이 사는 집에는 욕조가 없었을 뿐더러 한 번의 목욕을 위해 온수를 그렇게 많이 쓰는 것은 지환에게는 큰 사치였다. 그래서 이곳 호텔에서 그 사치를 누려 보고자 했건만 객실 유형 때문인지, 아니면 이 호텔 특정인 건지, 아니면 일본 호텔들이 다 이런 것인지, 아니면 일본 사람들 모두 이런 것인지 알 수 없었지만 너무나도 작은 욕조에 지환은 실망할 수밖에 없었다. 욕조 바닥에 앉는다면 무릎이 어깨높이까지 올라올 것 같았고, 물속이 아닌 욕조 옆에 힘들게 걸터앉는다면 허벅지 반 정도와 다리, 발만 물에 담글 수 있을 것 같았다. 지환은 하는 수 없이 욕조 안에서 일어선 채로 샤워기로 몸을 씻고 화장실에서 나왔다.

원했던 대로 욕조에 몸을 담그지는 못했지만 그래도 뜨거운 물로 충분히 샤워한 지환은 개운함을 느끼며 침대에 몸을 뉘었다. 시원한 에어컨 바람, 너무나도 푹신한 베개, 깔끔한 침대 커버. 이래서 호캉스라는 말이 있나 보다 느끼며 지환은 자기 눈이 천천히 감기고 있다는 것을 인식하지 못하고 있었다.

눈이 거의 다 감길 무렵, 지환은 정신을 차리고 침대에서 재빨리 상체를 일으켰다. 지환은 하마터면 이렇게 생을 마감할 뻔했다는 사실에 깜짝 놀랐다. 지환은 두 손바닥으로 자기 빰을 세 번 때리고 침대에서 일어났다. 지환은 TV 앞으로 걸어가 TV와 연결된 핸드폰으로 오로라 영상을 검색했다. 지환은 여러 가지 영상 중 제일 길어 보이는 2시간 29분짜리 알래스카 오로라 영상을 찾았다. 현재 시각을 확인한 지환은 오늘 하루의 남은 시간과 영상의 시간이 거의 맞아떨어진다는 사실에 '이것도 운명이네'라고 생각하며 그 영상을 손가락으로 눌렀다. 두 개의 광고를 건너뛴 뒤 영상이 시작된 것을 확인한 지환은 핸드폰을 가로로 눕혀 TV에 꽉 차게 재생되도록 했다. 지환은 리모컨과 맥주 두 캔을 같이 들려다가 포기하고 리모컨을 먼저 침대로 던진 뒤 두 손으로 맥주와 과자 봉지를 들고 침대 위로 올라갔다. 지환은 침대 위에서 벽에 등을 기대고 앉아 리모컨으로 TV 소리를 키웠다. 그리고 과자 봉지를 뜯고, 맥주캔도 땄다.

처음에는 아무런 생각이 들지 않았다. 초록색 빛이 밤하늘을 덮고, 아주 서서히 움직이는 모습을 보고 있자니 '멋지다'라는 말만 떠오를 뿐이었다. 그렇게 얼마나 흘렀을까? 지환이 알아차리기도 전에 지환의 눈에서는 눈물이 흘러내렸다. 지환은 맥주캔을 잡고 있지 않은 오른손 손등으로 눈물을 닦아 냈다. 눈물이 났다는 것을 알게 되어서인지, 자신도 모르게 자신이 슬프다는 것을 깨달은 탓인지, 눈물은 더욱더 많이 흐르기 시작했다. 지환은 오른손 손등으로 닦던 눈물을 오른쪽 팔뚝 안쪽으로 닦아냈다. 그래도 계속 흐르는 눈물에 잡고 있던 맥주 캔을 놓고, 양손으로 티셔츠의 목 부분을 들어 올려 옷으로 얼굴을 덮어 눈물을 막아 보았다. 하지만 눈물은 멈추지 않았고, 지환은 입으로 소리를 내며 흐느끼기 시작했다.

'왜 나지? 내가 뭘 얼마나 잘못 살았다고. 난 아직 30년도 못 살았는데. 아직 못 해 본 게 너무 많은데….'

지환은 억울하고, 슬프고, 답답한 마음에 티셔츠의 가슴 부분이 꽤 젖을 정도로 한참을 울었다.

그렇게 한참을 울고 나서야 지환은 티셔츠에 파묻었던 얼굴을 빼내 다시 TV를 보았다. TV 옆에는 작은 디지털 시계가 있었는데 현재 시각은 10시 26분. 한참을 울고 나서야 지환은 생각했다. 슬퍼하고, 울고, 화를 내 봐야 바뀌는 것은 없다는 것을. 이런 생각을 하는 도중에도 시간은 계속 흘러간다는 것을. 지환에게 남은 것은 단 하나, 어젯밤 지환이 본 것은 지독히 나쁜 꿈이었고, 내일 이 호텔 침대에서 아무 일 없이 일어날 수도 있다는 희망이었다.

'그래, 그런 일이 있을 리가 없어. 죽는 날을 하루 전날 알려 준다니. 이런 말도 안 되는….'

이렇게 생각해 보았지만 진짜 마지막일 수도 있다는 불안감과 두려움을 없애기에는 역부족이었다. 어차피 지환에게 지금 당장 어느 쪽이 사실일지 확인해 볼 방법은 없었다. 현실을 부정해도, 현실을 받아들여도 이 상황에서 달라지는 것은 아무것도 없다는 것을 이미 잘 알고 있었다.

지환은 침대 위에 있던 과자 봉지를 보고, 손으로 맥주캔을 들어 남은 양을 확인해 보았다. 지환은 얼마 남지 않은 과자 부스러기 중 큰 것 몇 개를 입에 넣고, 남은 맥주 몇 모금을 마셔 버린 뒤 침대에서 일어났다. 침대 옆에 서서 봉지와 맥주캔을 들고 쓰레기통에 버렸다. 그 뒤 화장실로 들어간 지환은 일회용 칫솔과 치약으로 양치질을 시작했다. 지환은 양치질하며 거울에 비친 자기 얼굴을 바라보았다. 아직 눈물 자국이 조금 남아 있고, 눈은 충혈되어 있었다. 하지만 그것보다 더 마음이 아픈 것은 여태껏 본 적 없던 슬픈 표정이었다. 밝고 외향적인 성격은 아니었지만 그렇다고 부정적인 태도로 사람을 대하지도 않았고, 항상 웃는 얼굴로 다닌 것은 아니었지만 그렇다고 무서운 표정, 우울한 표정을 다른 사람에게 보인 적도 없었다. 지환은 이대로 죽는 것은 정말 억울하고 슬픈 일이지만 그래도 이런 표정과 얼굴로 생을 마감하고 싶지는 않다고 생각했다. 지환은 양치질을 마친 후 깨끗하게 얼굴을 씻고, 거울을 보며 애써 미소를 지어 보았다. 행복한 얼굴까지는 만들 수 없더라도 슬퍼하는 얼굴로 죽지는 말자. 내일 아침에 내가 깨어나지 못해 호텔 직원이 강제로 문을 열고 들어와 나를 보더라도 고통스러워하며 죽은 것으로 보이지는 말자고 결심했다. 입술을 다물고 입술 양 끝을 벌려 억지로 미소를 지으며 '괜찮아, 괜찮아'라고 되뇐 뒤 화장실에서 나갔다.

지환은 TV 화면을 통해 핸드폰의 경고 메시지를 볼 수 있었다. 남은 배터리가 20% 남았다는 안내였다. 오래된 지환의 핸드폰은 배터리 성능이 이미 꽤 떨어진 상태였기 때문에 오늘 하루도 틈틈이 휴대용 배터리로 충전해 놨었다. 하지만 한 시간이 넘게 동영상을 충전 없이 재생하다 보니 배터리가 많이 소모된 모양이었다. 지환은 충전을 위해 가방 쪽으로 손을 가져가다가 멈췄다. 굳이 충전할 필요가 있나 싶었기 때문이다. 이대로 충전 없이 동영상을 본다면 한 시간쯤 뒤면 핸드폰이 꺼질 것이다. 그러면 TV에도 더 이상 아무런 화면이 나오지 않을 것이다. 그냥 이대로 꺼지게 놔둬도 좋다는 생각이 들어 충전하지 않기로 했다. 지환은 벽으로 걸어가 에어컨 온도를 25도로 약간 높이고 불을 껐다. 어두운 방에는 방 천장과 침대 이불 위로 오로라의 초록색 불빛이 비치고 있었다. 지환은 화장실에서 연습했던 억지 미소를 지으며 침대로 걸어가 이불을 들고 침대 위로 올라갔다. 베개를 베고 이불을 덮고 잠들 준비를 마쳤다. 지환은 누워서 초록색 천장을 보며 오늘 하루를 되돌아봤다. 첫 해외여행, 어릴 적 소원이었던 운동화, 오픈카, 비싼 호텔 그리고 오로라까지. 나름 괜찮은 하루를 보냈고, 이 순간이 정말 마지막이라고 할지라도 꽤 괜찮은 마무리라는 생각이 들었다. 갑자기 사고로 죽는다거나 병에 걸려 죽는 것보다는 단 하루지만 해 보고 싶던 것을 해 보고 편하게 누워서 고통 없이 죽는 것이 나을 수도 있겠다고 생각하니 억지 미소가 조금은 부드러워지는 것을 느꼈다.

지환은 눈을 감고 어젯밤 꿈속에서 다녀왔던 곳을 기억

해 보려 했다. 검은 정장을 차려입은 키가 큰 남자, 지환과 같은 의자에 앉아 있던 다른 세 명의 사람. 가장 오른쪽에 앉아 있던 지환의 옷차림도 기억났다. 그러고 보니 지환이 입고 있던 옷은 어제 잠들기 전에 입었던, 지금도 입고 있는 그 옷이었다. 아마 그곳에 가기 직전 입고 있던 옷과 모습 그대로 그곳으로 가는 건가 하는 생각이 들었다. 그러자 지환은 재미있는 생각이 났다. 오늘 오후에 산 뒤 반나절을 신고 다녔던 운동화. 그걸 신은 채로 잠들면 어떨까 하는 생각이었다. 그곳에 가게 된다면 새 운동화를 신고 가게 될 것이고, 아침에 이곳에서 일어난다면 다시 벗으면 그만이니까 말이다. 지환은 침대에서 일어나 방 입구 옆에 벗어 놓았던 신발을 들고 바닥을 확인한 뒤 신발을 바닥에 두 번 내리쳤다. 깨끗한 것을 확인한 지환은 양말 없이 맨발로 운동화를 신었다. 지환은 침대 옆으로 걸어가 카펫을 운동화로 두세 번 문지른 뒤 엉덩이부터 침대로 올라갔다. 아무리 내 집이 아니어도 이불 속에 운동화를 신고 들어가는 것은 아닌 것 같아 침대 아래쪽의 이불을 조금 걷어내 그곳으로 운동화가 나오도록 했다.

'이제 됐다.'

이렇게 생각한 지환은 몸을 뒤로 눕히고 이불을 목까지 덮었다. 다시 오로라의 불빛이 비치는 천장을 보면서 이전보다는 훨씬 밝고, 진심이 느껴지는 미소를 지으며 천천히 눈을 감았다.

11시 14분.

지환은 생을 마감했다.

김석민

1989

석민은 침대에서 혼자 눈을 떴다. 잠에서 깼지만, 가만히 누운 상태로 한참을 있었다. 꿈이라기에는 너무 생생했고, 사실이라고 하기에는 너무나 터무니없었다. 석민은 누운 채로 찬찬히 다시 생각해 보기로 했다. 어두웠던 방, 석민을 제외한 다른 세 명의 사람의 얼굴과 옷차림, 마지막 하루를 준다고 얘기했던 키 큰 남자의 꼿꼿한 자세와 친절하면서 날카로웠던 눈빛. 모든 것이 너무나 생생히 기억났다. 잠에서 깬 이후에도 이렇게까지 생생하게 기억이 났던 꿈을 꾼 적이 있었나 기억해 봤지만 석민은 그런 경험을 기억해 내지 못했다. 그렇다면 진짜 오늘이 마지막 날일까? 그렇게 믿기에는 너무나 황당한 일이 아닌가. 죽는 날을 미리 알려주다니. 하지만 석민은 너무나 말이 안 되다 보니 오히려 진짜가 아닐까 하는 의심이 생기기 시작했다. 만약 진짜라면 어떻게 하지? 석민은 곧바로 단 한 명이 떠올랐다. 바로 석민의 아내, 민아였다.

석민과 민아는 8년 전 같은 회사에서 처음 만났다. 석민이 대학교를 졸업한 후 취업한 회사의 같은 팀에 민아가 있었다. 나이는 석민이 두 살 많았지만, 군대를 다녀온 탓에 민아의 1년 후배로 같은 팀에 들어갔다. 석민에게 민아의 첫인상은 좋은 편은 아니었다. 아니, 매우 나쁜 쪽이었다. 아무것도 모르는 석민에게 민아 선배는 매우 불친절했고, 툭하면 석민을 무시하는 말을 했다. 그래서 석민은 처음에 민아가 연차가 꽤 높은 선배라고 생각했었다. 하지만 첫 회식 때 민아가 고작 1년 먼저 들어왔고, 나이도 두 살 어리다는 것을 다른 사람을 통해 듣고, 석민은 놀라움과 짜증을 동시에 느꼈었다.

말끝마다 '석민 씨는 이것도 몰라요?'라며 석민을 무시했던 민아였지만 석민의 민아에 대한 반감은 점차 줄어들어 갔다. 민아는 말투나 표정과는 다르게 꽤 석민을 많이 도와줬기 때문이다. 그래서 석민에게 민아는 까칠하지만, 많이 도와주고, 또 매우 똑똑하고, 능력 있는, 그런 선배가 되어 갔다.

그렇게 선후배로 시작한 둘의 관계는 점차 가까워져서 석민이 회사에 들어간 지 5년, 즉 둘이 만난 지 5년 후에 둘은 사내 커플로 결혼했고, 그 후로 3년이 흘렀다.

회사에서 완벽하게 일을 하고, 석민을 이끌었던 그 똑 부러지던 민아는 회사 밖에서는 완전히 반대였다. 몇 년이 지난 프로젝트의 세밀한 부분까지도 기억하는 민아는, 지난달 마트에서 샀던 물건도 기억하지 못했다. 사무실 비품이 어느 서랍에 있는지 정확히 알고 있는 민아는, 새 휴지가 집 어디에 있는지도 알지 못했다. 그래서 집에서는 모든 일을 석민이 챙겨야 했다. 모든 부부가 그렇듯 그렇게 둘은 행복, 다툼, 화해 등을 반복하며 4년 차 부부가 되어 있었다.

말이 안 되지만, 정말 그럴 리 없겠지만, '만에 하나 오늘이 정말 마지막 날이라면'이라고 생각하니 석민은 바로 민아가 떠올랐다. 민아는 어제 회사 연차를 내고, 대학교 때부터 친했던 친구 세 명과 제주도로 2박 3일 여행을 떠났다. 따라서 민아는 내일 오후가 되어서야 집에 올 테니 오늘이 마지막이라면 석민은 민아를 볼 수 있는 기회가 없는 것이다. 하지만 이내 석민은 내일 아침 민아가 일어났을 때 같이 잠들었던 내가 옆에서 일어나지 못하는 것을 발견한다면 얼마나 놀랄까 하는 생각이 들었고, 오히려 민아에게는 다행일 수도 있겠다고 생각했다. 그런데 곧 석민에게 '내가 없으면 민아는 집에서 아무것도 못 할 텐데.'라는 생각이 났다. 그런 생각이 들자 석민은 곧바로 침대에서 이불을 치우고 일어났다.

석민은 침대 옆에 서서 뭐부터 해야 할까 고민했다. 그러자 가장 먼저 떠오른 것은 돈이었다. 둘 다 같은 회사에서 거의 비슷한 연봉을 받으면서 일을 하고 있지만 돈 관리는 석민이 맡아서 하고 있었다. 사실 민아는 재테크에 대해 아는 것도 없었고, 관심도 없었다. 그래서 민아는 월급을 받으면 석민의 통장으로 다 이체하고, 대부분의 지출은 신용카드를 썼다. 현금이 필요할 땐 석민의 카드로 통장에서 현금을 찾아서 썼다. 따라서 석민은 민아의 모든 지출과 현금 인출 내용을 알 수 있었다. 하지만 석민은 민아의 소비에 대해 돈을 어디에 썼는지, 왜 쓴 것인지 단 한 번도 묻지 않았다. 사실 민아는 경제에 대해 잘 아는 편은 아니었지만 유일한 재테크는 절약이라고 생각하는 사람이었다. 그래서 민아는 돈을 어디에 얼마나 썼는지 전혀 생각하지 않지만 그렇다고 허투루 돈을 쓰는 일도 없었다. 그걸 아는 석민도 민아의 지출에 대해 크게 걱정하지 않고, 혼자 가계부를 쓰며 돈이 얼마나 있는지, 얼마나 썼는지를 계산해 가며 지내고 있었다. 그런데 갑자기 석민이 없다면 민아가 그걸 해낼 수 있을까 하는 걱정이 떠오른 것이다.

석민은 침실에서 나와 식탁에 있는 노트북 컴퓨터를 켜고 그 앞에 앉았다. 석민은 컴퓨터로 가계부를 관리하고 있었다. 석민은 가계부 프로그램을 열어 이것을 민아에게 어떻게 설명해 줄까 하는 고민을 했다. 하지만 몇 년 전 석민은 민아에게 이 프로그램에 대해 알려 줬던 기억이 떠올랐다. 현재 우리의 자산이 얼마고, 어느 계좌에 얼마의 돈이 있고, 몇 개의 예금과, 투자 상품의 만기에 대해

알려 주려고 시도한 적이 있었다. 하지만 민아는,

"몰라, 오빠가 알아서 해. 난 집에선 컴퓨터 보기 싫어."

라고 말하며 도망갔었다. 그래서 석민은 이 프로그램을 설명해 주는 것 말고 다른 방법을 찾기로 했다. 사실 석민이 가계부를 쓰는 이유는 자산에 대한 통계를 정리하기 위해서이기도 하지만, 매번 돈을 쓸 때마다 그 내용을 기록하고, 어디에 얼마의 돈을 썼는지 참조하기 위함이었다. 하지만 민아에게 이제까지 어디에 어떤 돈을 썼는지 알려 주는 것은 큰 의미가 없다는 생각이 들었다. 그래서 석민은 과거의 기록 대신 현재 어디에 얼마의 돈이 있는지 정리만 해서 주기로 했다.

석민은 스프레드시트 프로그램을 열어 빈 표에 자산 내용을 정리하기 시작했다. 계좌 이름, 은행, 계좌 번호, 계좌 비밀번호, 현재 잔액을 기록했다. 일반 예금인지, 정기 예금인지, 펀드 상품인지 계좌의 성격도 옆에 따로 표시했다. 그리고 식탁에 놓여 있던 자기 지갑에서 현금을 세서 그 금액도 같이 기록했다. 그때 석민은 지갑에서 신용카드를 보고 카드 내용도 써야겠다고 생각했다. 석민은 매번 지출할 때마다 가계부에 기록을 해 왔기 때문에 결제해야 하는 카드 금액을 정확히 알 수 있었다. 하지만 민아가 봐야 하는 자산 내용을 조금이라도 간단하게 만들기 위해 석민은 핸드폰 카드사 애플리케이션을 열어 결제 전 금액을 선결제하기로 했다. 선결제를 완료하고 그 내용을 가계부에 입력한 후, 석민은 민아를 위해 작성하고 있던 표에 계좌 잔액을 조정했다. 그렇게 돈 명세를 작성한 석민은 오늘은 더 이상 카드를 사용하지 않고, 혹시 돈을 쓸 일이 있다면 가지고 있는 현금을 사용한 뒤 오늘 밤 이 표를 출력해야겠다고 생각했다.

석민은 돈 관련 표 작성을 마친 뒤 가계부 프로그램을 닫으려고 했다. 그때 석민에게 보인 것은 3일 전 카드 결제 금액이었는데, 그것은 인터넷과 TV 자동 결제 금액이었다. 오늘까지 쓴 카드 사용 금액은 선결제로 없앴지만 앞으로 정기적으로 결제가 될 금액도 정리해야겠다는 생각이 난 것이다. 그래서 석민은 표 아래쪽에 '정기 결제'라고 입력한 뒤 매달 정기적으로 카드 결제가 되는 금액을 정리했다. 인터넷 요금, 클라우드 저장소 요금, 전자책 월정액 결제까지 가계부 내용을 확인하여 표를 마저 완성했다.

다음으로 석민이 정리하기로 한 것은 비밀번호였다. 조금 전 컴퓨터를 켤 때, 그리고 가계부 프로그램을 실행할 때 네 자리 숫자 비밀번호를 입력했다. 사실 석민이 쓰는 비밀번호는 그리 많지 않았다. 숫자는 회사의 사원 번호를 썼고, 알파벳이 들어가야 하는 비밀번호도 똑같은 단어만 썼다. 비밀번호의 조건에 따라 소문자를 대문자로, 숫자를 붙여야 하면 석민이 가장 좋아하는 숫자인 3을, 특수문자를 붙여야 하면 키보드 3위에 있는 # 기호를 쓰는 게 전부였다. 민아에게 숨기는 것이 없던 석민은 결혼 전부터 자기 비밀번호 규칙을 알려 줬지만, 민아는 전혀 외울 생각이 없는 듯했다. 민아는 석민의 비밀번호뿐만 아니라 본인의 비밀번호도 매번 까먹고 프로그램이나 인터넷 사이트마다 '비밀번호 찾기' 기능을 매우 자주 사용하는 편이었다.

그래서 석민은 컴퓨터로 다른 표를 하나 만들어 자신이 쓰는 비밀번호의 몇 가지 예를 쓰기 시작했다. 네 자리 숫자, 여섯 자리 숫자, 여덟 자리 숫자, 알파벳 8자리, 알파벳+숫자, 알파벳+숫자+특수기호, 대문자, 소문자…. 모든 조합을 다 써 봐도 채 열 개가 되지 않았다. 하지만 이런 표보다는 어떤 곳에 어떤 비밀번호가 쓰이는지 정리하는 것이 민아에게는 더 도움이 될 것 같았다. 그래서 석민은 표 밑에 몇 가지 중요한 프로그램의 비밀번호를 따로 정리해 보았다. 핸드폰 비밀번호, 핸드폰 계정 비밀번호, 주거래 은행 애플리케이션 비밀번호 등 몇 가지 중요하다고 생각되는 목록을 작성했다. 핸드폰으로 사용하는 프로그램 대부분은 핸드폰의 안면 인식으로 비밀번호가 자동 입력되지만, 석민은 자신이 없다면 안면 인식, 지문 인식 등은 사용할 수 없을 것이라는 생각이 들어 비밀번호 입력이 꼭 필요하겠다고 생각했다.

그렇게 돈과 비밀번호를 다 작성하고 나니 석민은 배고픔이 느껴졌다. 컴퓨터 시계를 확인해 보니 벌써 9시가 넘어 있었다. 석민은 컴퓨터를 열어 놓은 채로 자리에서 일어나 싱크대 한쪽 편에 있는 전기밥솥 앞으로 걸어갔다. 밥솥을 열어 보니 그 안에는 한 끼 정도 먹을 밥의 양이 남아 있었다. 이 밥은 어제 아침 출근 전 석민이 해 놓은 밥이었다.

목요일 저녁 늦게까지 여행 준비를 했던 민아는 석민이 출근할 때까지 자고 있었는데, 석민은 민아가 일어나서 여행을 떠나기 전 밥을 먹고 가라고 아침 일찍 밥을 해 놓고 출근했었다. 6인분 밥솥에 4인분 밥을 해 놨었는데, 어제 아침 민아가 먹고, 어제저녁 석민이 회사에서 돌아와 먹고 남은 밥이 아직 밥솥에 있는 것이다. 석민은 밥솥을 다시 닫고 잠깐 고민을 해 봤다. 지금 이 밥을 다 먹는다면 새로 밥을 해야 한다. 하지만 밥을 많이 해서 남은 밥을 내일 돌아올 민아에게 남겨 주고 싶지는 않았다. 그렇다고 오늘 식사를 위해 조금의 밥을 하고, 밤에 설거지까지 하기는 좀 귀찮을 듯했다. 배달 음식을 시켜 먹는 것도 문제가 있었다. 석민이 사는 아파트는 금요일 저녁과 화요일 저녁에 분리수거 쓰레기를 배출할 수 있는데, 이미 어제 모아 놓은 쓰레기를 다 버렸기 때문에 오늘 쓰레기가 생긴다면 그건 석민이 치울 수 없을 것이다. 석민은 최대한 자신이 할 수 있는 모든 일을 다 해 놓고 민아에게 최소한의 불편함만 남겨 주고 싶은 마음이었다.

그래서 석민은 지금 이 밥을 다 먹고, 오후에는 밖에 나가서 가지고 있는 현금으로 식사할 계획을 세웠다. 석민은 밥솥을 열어 남은 밥을 큰 그릇에 담았다. 그리고 냉장고를 열어 몇 개의 반찬 통을 꺼냈다. 석민과 민아는 평일에는 거의 회사에서 식사를 해결하기 때문에 반찬을 미리 만들어 놓는 편은 아니었다. 가끔 민아의 어머님이 가져오시는 반찬을 나눠 놓고 조금씩 꺼내 먹는 편이었는데, 요즘은 그 반찬이 거의 떨어져 가고 있었다. 오히려 석민에게는 그것이 다행이었다. 너무 많았다면 어떤 것을 먹고, 어떤 것을 남겨 놓을지 고민을 했을 테니 말이다.

석민은 반찬 통을 하나씩 열어 그 안에 들어 있던 남은 반찬들을 밥을 담아 놓은 큰 그릇에 몽땅 쏟아부었다. 그리고 냉장고 문에 있던 조그만 고추장 통을 집어 들었다. 몇 주 전 배달 음식을 시켰을 때 같이 왔던 고추장 양념통이었는데 둘 다 매운 음식을 잘 먹는 편은 아니었기 때문에 나중을 위해 넣어 둔 것이었다. 석민은 이 양념을 넣고 밥을 비비려고 했다가 다시 그 통을 냉장고에 넣었다. 이 조그만 플라스틱 통도 쓰레기가 될 것이기 때문이었다.

석민은 숟가락과 큰 그릇을 들고 식탁에 앉아 밥을 비볐다. 다 비비고 나서 한 숟가락을 떠 입에 넣고 나자 석민은 헛웃음이 났다. 인생의 마지막일 수도 있는 날, 이 아까운 시간에 배고픔을 참지 못하고 이렇게 무식하게 먹고 있는 자신이 너무 한심하게 느껴졌기 때문이다. 그리고 남은 음식을 처분하기 위해 대충 비볐던 이 밥이, 이 와중에 이건 또 왜 맛있는지 다시 한번 웃음이 났다.

음식물 쓰레기를 남기지 않기 위해 아주 깨끗이 그릇을 비운 석민은 곧바로 밥그릇과 숟가락, 반찬통을 씻어 그릇을 건조하는 곳에 올려놓았다. 설거지까지 마친 석민은 거실 소파에 앉아 보았다. 세 명 정도 앉을 수 있는 소파에 석민은 항상 그랬던 것처럼 왼쪽 끝에 앉았다. 따로 정한 것은 아니었지만 항상 석민은 왼쪽 끝에 등을 기대고 앉고, 민아는 석민의 허벅지에 머리를 기대고 누워 소파 오른쪽 팔걸이에 발을 올리고, 고개는 왼쪽으로 돌려 TV를 보곤 했었다. 꺼져 있는 TV를 통해 혼자 소파에 앉아 있는 자신을 보니 석민은 갑자기 민아가 무척 보고 싶어졌다.

주머니의 핸드폰을 꺼낸 석민은 배경 화면 속의 민아 사진을 한참 동안 보았다. 오전 열 시. 아마 민아는 친구들과 호텔에서 아침 식사를 하고, 재미있는 시간을 보내고 있을 것이다. 석민은 핸드폰의 전화 애플리케이션을 누르고 민아의 이름을 누르려다가 잠깐 멈칫했다. 어제 꿈속에서 검은 사내가 경고했던 말이 생각났기 때문이다.

혹시 오늘이 마지막일 수도 있다는 말을 석민이 민아에게 하거나, 민아가 눈치를 챈다면 석민은 오늘 하루를 마치지 못하고 어제 그곳으로 돌아갈 수도 있는 것이다.

석민은 숨을 크게 한번 들이마시고, 마음을 가다듬었다. 절대 울컥하거나 목소리가 떨린다거나 하면 안 된다고 다짐하며 전화를 걸었다. 신호음이 두 번도 울리기 전 민아는 전화를 받았다.

"여보세요?"

"나야. 재미있게 놀고 있어?"

"그럼, 그럼. 날씨도 너무 좋고, 정말 좋아."

석민은 목소리만으로도 민아가 지금 얼마나 신나 있는지를 느낄 수 있었다. 밝은 민아의 목소리를 들으니 잠깐 우울했던 석민의 기분까지도 다시 밝아지는 것을 느꼈다.

"근데 왜 전화했어? 나 없어서 심심해서 전화했구나?"

민아는 장난기 어린 목소리로 물어봤다.

"응, 혼자 밥 먹고 심심해서 해 봤어."

"그러니까 있을 때 잘하라니까."

민아의 밝은 목소리에 석민은 기분이 좋기도 하면서 또 한편으로는 마지막 대화가 될 수도 있다는 생각에 슬프기도 한, 복잡한 기분이 들었다.

"근데, 우리 지난달에 산 화장실 휴지 어디에 놔뒀지?"

석민은 대화가 끊기지 않도록 아무 말이나 했다.

"휴지? 다용도실에 있나? 나야 모르지. 오빠가 알지. 왜 휴지 떨어졌어? 오빠 지금 화장실이야? 아, 더러워!"

"아냐, 그냥 갑자기 생각나서. 내가 찾아볼게."

"그래. 오빠 나 이제 애들이랑 놀러 나갈 거야. 혼자 내 생각 하면서 심심하게 잘 있어. 끊어."

석민이 대답도 하기 전에 전화는 끊겼다. 전화가 끊긴 후에도 석민은 소파에 한동안 앉아 있었다. 진짜 이게 끝일까? 이제 다시는 민아를 볼 수 없을까? 석민은 한동안 결론이 날 수 없는 생각을 하며 멍하니 꺼진 TV 화면을 보고 있었다. 그러다가 단어 하나가 머릿속에 떠오르자 석민은 정신을 바로잡았다.

'휴지.'

사실 석민은 지난달 마트에서 산 두루마리 휴지 12개가 어디 있는지 정확히 알고 있다. 심지어 이전에 남은 휴지가 몇 개고, 그 휴지 포장을 들어 그 밑에 새 휴지 12개 포장을 밀어 넣었던 것도 기억한다. 다용도실에 놓을 자리가 없어서 옷 방으로 쓰는 작은 방 옷장 옆에 임시로 넣어 놨던 것을 민아는 전혀 기억하지 못하고 있다.

석민은 다시 컴퓨터 화면을 켜서 새로운 표 만들기를 시작했다. 표의 제목은 '물품 위치 목록'. 거실 수납장, 주방 수납장, 다용도실 수납장, 침대방 수납장, 책상 서랍, 화장실 거울 옆 수납장까지 먼저 큰 항목으로 분류했다. 그리고 노트북을 손에 들고, 각 방에 가서 서랍과 수납 칸 별로 들어 있는 물건의 목록을 작성하기 시작했다. 속옷과 양말, 상의와 하의, 코트, 점퍼 등의 옷과 석민만 쓰는 드라이버와 전동 드릴과 같은 공구, 수많은 필기구를 모아 놓은 서랍, 수건을 모아 놓은 서랍, 각종 케이블을 쑤셔 넣은 서랍 등. 석민은 모든 수납장마다 석민 나름의 규칙대로 분류하고 보관해 오고 있었다. 하지만 이렇게 보관된 물건의 목록을 작성하다 보니 석민의 생각과는 너무도 다르게 규칙이 없어 보였다. 이 분류 기준을 도저히 이해 못 하겠다던 민아의 말이 석민은 인제야 수긍이 갔다.

그렇게 한 시간 반이 넘는 시간 동안 석민은 집안 곳곳을 노트북을 들고 다니며 목록을 작성했다. 노트북 배터리가 20%도 남지 않았음을 알리는 경고 메시지가 뜰 무럽 석민은 집안 물품 보관 목록 작성을 완료했다.

석민은 기지개를 켜고 일어나 거실로 걸어갔다. 거실 커튼을 걷고, 창문을 열어 햇빛과 바람이 집으로 들어올 수 있도록 했다. 그리고 소파 옆 구석에 접어놓았던 캠핑용 야외 의자를 펴서 창문 앞에 자리 잡고 앉았다. 이 자리는 석민과 민아가 참 좋아하는 자리다. 아파트 3층에 있는 석민의 집은 높지는 않지만 거실 정면이 다른 건물로 막혀 있지 않아 시야가 꽤 좋은 편이었다. 정남향인 석민의 집은 오늘과 같이 따뜻한 봄날의 낮에는 너무 뜨겁지 않고 따뜻한 햇빛과 습하거나 덥지 않은 적당히 따뜻하고 기분 좋은 바람까지 들어오는, 그런 자리였다. 그래서 석민과 민아는 주말 점심시간에 조그만 의자를 두 개 펴놓고 나란히 앉아 한가로운 시간을 보내기를 즐겼다.

석민은 의자에 등을 기대고 높은 하늘을 바라봤다. 아파트 앞 큰 나무의 가지 사이가 바람에 살짝 흔들리고 있었고, 그 사이로 햇빛이 석민의 눈을 따갑게 했지만, 그리 기분 나쁘지 않았다. 가만히 앉아 햇볕을 받고 있던 석민은 한 영화에서 어떤 배우가 했던 말이 떠올라 그 대사를 따라 해 보았다.

"죽기 딱 좋은…, 아니, 죽기 참 아까운 날씨네."

석민은 의자에 앉은 채로 내일 이 집에서 있을 일을 상상해 보았다. 민아는 내일 오후 친구들과 돌아와 석민과 민아의 집으로 같이 오기로 했다. 민아의 친구들이지만 석민과도 꽤 자주 봤었기 때문에 여행 후 집에 와서 같이 저녁까지 먹고 가기로 했다. 석민은 민아 혼자 집에 돌아와 죽어 있는 자신을 발견한다면 충격이 매우 클 텐데 친구들과 같이 온다는 게 그나마 참 다행이라고 생각했다. 석민은 계속 생각해 보았다. 죽어 있는 자신을 발견한 민아와 친구들은 그다음에 무엇을 할까? 아마 경찰에 신고하고, 사망 확인을 한 뒤 장례 절차를 진행할 것이다. 석민은 아직 상을 경험해 본 적이 없어 자세한 절차를 알지 못했다. 몇 년 전 친한 후배의 부친상 때 그 후배에게서 들었던 내용이 전부였다. 그 후배의 말에 따르면 상주였던 그 후배는 아무런 정신이 없었고, 상조 회사의 직원들이 본인과 가족의 핸드폰 연락처로 부고 소식을 알려 줬고, 고인의 사진을 찾아 영정 사진으로 만들어 주었다고 했다. 그렇다면 민아는 장례식이 끝날 때까지 상조 회사, 장례식장 직원들과 가족들, 친구들의 도움으로 장례 절차를 마칠 수 있겠다는 생각이 들었다.

하지만 석민은 장례 이후가 걱정되었다. 언제가 됐든 민아는 혼자 이 집에 남겨질 것이고, 그제야 석민이 남겨 둔 것들을 발견하게 될 것이다. 먼저 민아는 오늘 저녁 석민이 출력할 돈과 비밀번호, 물건 보관 목록을 보게 될 것이다. 그리고 주방에서는 신혼 때부터 쓰던 한 쌍씩 있는 그릇, 숟가락, 젓가락들을 보게 될 것이다. 그리고 세탁기 옆에서는 내가 남겨 놓은 빨래를 보게 될 것이다. 이런 생각이 들자 석민은 아침 식사 후 설거지하고 물기를 말리고 있는 그릇을 오늘 저녁에는 물기를 닦아서라도 주방 수납장에 넣어야겠다고 생각했다. 그리고, 어제 퇴근 후 집에 와서 벗어 놨던 옷, 샤워 후 사용했던 수건 등 빨래통에 있는 빨랫감들을 모두 세탁해서 정리해야겠다는 생각도 했다. 어차피 석민의 옷들은 더 이상 필요 없겠지만 그래도 자신이 입던 옷, 쓰던 수건을 민아에게 그대로 남겨 주고 싶지는 않았기 때문이다.

이런저런 생각을 하던 석민에게 하나 걸리는 것이 있었다. 바로 영정 사진이었다. 사진 찍는 것을 좋아하지 않았던 석민은 취업할 때 사용했던 증명사진을 제외하면 혼자 찍은 사진이 없었다. 주로 민아를 찍어 주기만 했고, 민아의 요청에 어쩔 수 없이 민아와 같이 찍은 사진은 좀 있었지만, 석민 얼굴만 나온 사진은 없는 것 같았다. 석민은 핸드폰을 켜서 자기 얼굴이 인식된 사진을 검색해 보았다. 역시나 민아와 같이 찍은 사진과 회사 모임이나 가족 모임 때 찍은 단체 사진이 전부였다. 그래서 석민은 사진을 혼자 찍기로 결심했다.

석민은 삼각대를 가지고 나와 거실 TV 앞에 설치했다. 소파 앞에 식탁 의자를 가져다 놓고 앉아 가슴 위로 사진을 찍으면 거실 흰색 벽만 배경으로 나올 것이다. 의자에 앉아 삼각대에 고정된 핸드폰 화면을 보며 몇 번의 수정 끝에 석민은 적당한 위치와 각도를 찾을 수 있었다. 그 후 석민은 옷 방에 들어가 입을 옷을 골라 봤다. 상체만, 그것도 어깨 부근만 나오겠지만 뭔가 의미 있는 옷을 입고 싶었다. 옷장을 뒤지던 석민은 신혼여행을 갈 때 입었던 커플 티셔츠를 찾았다. 지금은 조금 작은 느낌이 들어 최근에는 잘 입지 않았지만 잠깐 입는 것은 아무 문제가 없었다. 다른 사람이 본다면 그냥 보통 흰색 티셔츠라고 생각하겠지만 옷깃 부분의 하늘색과 단추 부분의 검은색과 빨간색 줄무늬를 분명 민아는 알아볼 수 있을 것으로 생각했다.

옷을 갈아입은 석민은 거실로 나와 사진 찍을 준비를 했다. 핸드폰 카메라 타이머를 맞춰 놓고 자리에 앉아 사진을 한 장 찍었다. 찍은 사진을 확인해 보니 석민은 약간 화난 사람처럼 보였다. 가만히 무표정으로 있으면 무서워 보이니 항상 웃으라고 했던 민아의 말이 떠올랐다. 그래서 석민은 입을 벌리고, 이를 보이게 밝게 웃으며 사진을 찍었다. 그러나 사진을 확인해 보니 석민의 얼굴은 누가 봐도 억지로 웃은 듯한 얼굴이었다. 석민은 의자에 앉아 어떤 표정이 좋을지 다시 고민해 보았다. 영정 사진이지만 슬픈 표정으로 찍고 싶지는 않았다. 석민은 사람들이 자신을 기억할 때 슬프거나 우울한 얼굴을 기억하게 하고 싶지는 않았다. 그렇다고 활짝 웃는 사진도 별로였다. 그렇게 너무 밝게 웃고 있는 영정 사진을 본 기억은 없었다. 석민은 사진을 찍을 표정보다 자신의 솔직한 지금 심정을 돌아보는 게 먼저라고 생각했다. 슬픈가? 물론 슬프다. 아직 젊은데 이대로 죽는 것은 너무 슬프다. 하지만 다행이라는 마음도 있다. 갑자기 죽지 않고 단 하루라도 이렇게 준비할 시간이 주어졌으니 말이다. 그렇다고 기쁜 것은 절대 아니다. 슬프지만 눈물을 흘릴 정도는 아니고, 불행하다고 생각하지는 않지만 그렇다고 행복하거나 기쁜 것도 아닌, 그런 복잡한 기분이었다. 석민은 지금 이 기분 그대로 사진을 찍기로 했다. 핸드폰을 삼각대에 설치하고, 타이머를 10초에 맞춰 놓고, 자리에 편하게 앉아 핸드폰을 바라봤다.

사진이 찍힌 다음에도 석민은 잠깐 그 표정 그대로 자리에 앉아 있었다. 숨을 길게 내쉰 뒤 자리에서 일어나 핸드폰의 저장된 사진을 확인해 보았다. 입은 다문 채로 약간 미소 짓고 있었고, 눈은 촉촉해 보였지만, 눈가의 주름이 살짝 보이게 웃는 모습이었다. 석민은 이만하면 됐다고 생각하며 삼각대와 의자를 정리했다.

오후 한 시가 되었을 때 석민은 집 밖으로 나가기로 결심했다. 옷을 갈아입고, 지갑에서 현금만을 꺼내 주머니에 넣고, 집을 나섰다.

밖 날씨는 집 안 거실에서 본 것보다 훨씬 좋았다. 전형적인 따뜻한 봄 날씨에 선선한 바람이 불어 산책을 하기에 더할 나위 없이 좋은 날씨였다. 석민은 아파트 단지 옆으로 걸어 나가 물가를 따라 이어진 산책로를 걸었다. 석민은 아무런 생각을 하지 않은 채, 정확히는 곧 다가올 죽음에 대해 생각하지 않기 위해 애를 쓰며 파란 봄 하늘을 올려다보며 한참을 걸었다. 떠다니는 구름 한 점 없고, 지나가는 비행기 한 대 볼 수 없는, 그냥 단색의 하늘. 그러나 전혀 단조롭거나 지루하지 않은 하늘이었다. 이런 좋은 날, 이런 좋은 곳을 산책할 때는 항상 옆에서 조잘대던 민아가 있었는데, 민아의 목소리가 들리지 않는 오늘의 조용한 산책에 석민은 너무나도 큰 허전함을 느꼈다.

등에 약간의 땀이 느껴질 즘 석민은 오늘의 마지막 식사, 혹은 인생의 마지막 식사가 될 수도 있는 음식을 먹으러 가기로 했다. 한 시간이 넘게 걸었던 석민은 산책로 옆의 계단으로 올라가 큰 찻길 옆 인도에 도착했다. 석민은 주위를 둘러보며 식당을 찾아봤다. 길 건너 조금 떨어진 곳은 지하철역이 있는 곳이었기 때문에 꽤 많은 상점이 보였다.

번화가 중심에 들어선 석민은 마지막 식사로 분식집을 선택했다. 딱히 먹고 싶은 메뉴가 있었던 것은 아니었지만 만원도 되지 않는 현금으로 비싼 메뉴의 식당은 들어

갈 수 없었기 때문이다. 하지만 분식점의 메뉴 가격도 석민의 예상보다는 높은 편이었고, 석민이 가진 현금으로는 라면과 김밥 한 줄을 먹을 수 있을 정도였다. 굳이 현금을 남길 필요가 없다고 생각한 석민은 500원씩의 가치가 있는지 의심이 가는 떡라면과 채소 김밥으로 메뉴를 고르고 가진 현금 전부를 냈다.

천천히 식사를 마친 석민은 왔던 길을 되돌아 걸어 집으로 돌아갔다. 아직 날이 밝은 시간이었지만 석민은 마무리할 일이 있었기 때문에 서둘러 집으로 걸어갔고, 네 시가 약간 넘었을 때 집에 도착했다.

석민은 가장 먼저 샤워하기로 했다. 석민은 샤워 후 갈아입을 옷을 미리 꺼내기 위해 옷장이 있는 방에 가서 서랍장을 열었다. 석민은 빨래한 옷을 맨 뒤 또는 맨 밑에 넣는 습관이 있었다. 그래서 석민은 평소와 같이 속옷 중 맨 앞에 있는 속옷을 집었다. 그리고 집에서 편하게 입는 반바지와 티셔츠를 꺼내기 위해 다른 서랍을 열어 역시 가장 위에 있는 옷을 집었다. 그때 석민은 잠시 멈칫하며 집었던 옷을 손에서 놓았다. 지금 고르는 옷은 석민이 죽은 채로 발견되었을 때 입고 있을 옷이라는 생각이 들었기 때문이다. 잔뜩 꾸민 채 누워 있는 것도 우스운 일이지만, 너무 후줄근한 옷을 입고 누워 있는 것도 부끄럽게 느껴졌다. 가장 먼저 민아와 민아의 친구들이 석민을 볼 것이고, 그 후에 방문할 경찰과 병원이나 장례식 관련된 사람들도 지금 고르는 옷을 보게 될 것이라는 생각이 들었다. 또 누군가는 이 옷을 다른 옷으로 갈아입힐 테니 그것도 고려해야 할 사항이었다. 그래서 석민은 지난달 산 이후 몇 번 입지 않아 가장 깨끗한 흰색 면 티셔츠와 예전에 농구나 다른 스포츠를 할 때 입던 큰 검은색 반바지를 골랐다. 이 바지는 허리를 끈으로 묶는 방식이지만 허리 부분이 고무줄 같은 재질로 되어 있어 굳이 끈으로 묶지 않아도 되었다. 리본으로 잘 묶는다 해도 급하면 잘 안 풀릴 수도 있으므로 끈으로 묶어야 하는 바지는 안 되겠다고 생각했기 때문이다.

옷을 고른 석민은 화장실로 들어가 몸을 씻기 시작했다. 벽에 걸린 샤워기로 따뜻한 물을 한참 동안 맞아 봤다. 평소 같았으면 샴푸로 머리만 감고, 몸은 대충 씻었겠지만, 마지막 샤워일 수도 있다는 생각에 석민은 구석구석을 깨끗이, 꼼꼼하게 씻었다. 샤워 부스에 묻은 물과 배수구에 있는 머리카락까지 깔끔하게 정리하고 나서야 석민은 옷을 입고 화장실을 나섰다.

오후 다섯 시. 석민은 화장실 앞에서 거실과 주방을 돌아보며 오전에 세웠던 계획을 되새겨 보았다. 이제 마무리 정리를 할 시간이 되었다. 석민은 먼저 오늘 입었던 옷과 샤워할 때 썼던 수건을 세탁기 앞 바구니에 넣었다. 그리고 옷 방에 가서 몇 번 더 입기 위해 옷걸이에 걸어 놓았던 바지와 셔츠, 그리고 저녁에 쌀쌀할 때를 대비해 걸어 놓았던 상의까지 들고 나와 세탁기로 가져갔다. 석민은 며칠 동안 모아 놓았던 석민과 민아의 옷들을 세탁기에 넣고 세탁기의 시작 버튼을 눌렀다.

다음으로 석민은 식탁의 노트북 컴퓨터를 다시 열었다. 오전에 정리했던 목록들을 다시 한번 읽어 본 석민은 현금 항목을 0으로 바꾼 후 저장을 눌렀다. 석민은 문서마다 출력 버튼을 누른 뒤 프린터가 있는 방으로 갔다. 잠시 기다리자 돈 목록, 비밀번호 목록, 그리고 물품 보관 위치 목록 네 장까지 총 여섯 장의 종이가 출력되었다. 프린터 옆 책장에서 투명한 서류철을 꺼내 출력한 종이를 넣었다. 석민은 이것을 어디에 놓을지 고민해 보았다. 식탁처럼 많은 사람이 볼 수 있는 곳에 놓기에는 개인 정보가 너무 많았다. 그리고 이렇게 준비를 해 놓은 것을 다른 사람이 본다면, 특히 보험 회사 직원이 본다면 자살한 것으로 오해할 수도 있을 것이다. 그래서 석민은 책상 오른쪽 서랍 세 개 중 두 번째 서랍에 넣었다. 민아는 집 어디에 어떤 물건이 있는지 거의 모르지만 확실하게 아는 것이 하나 있었다. 바로 핸드폰 보조 배터리. 민아의 핸드폰은 구매한 지 3년이 넘었는데 최근 핸드폰 배터리가 꽤 빨리 닳는 편이었다. 그래서 민아는 항상 외출하기 전 보조 배터리를 챙기는데, 이 두 번째 서랍에서 배터리 두 개 중 한 개를 꺼내 가고, 집에 돌아오면 책상 위에 올려놓는다. 그러면 석민은 민아가 쓰고 올려놓은 배터리를 충전하고, 충전이 완료되면 다시 서랍에 넣는 것이다. 민아가 나중에 외출할 때 분명히 버릇처럼 이 서랍을 열 것이고, 못 보던 서류철을 보면 한 번 열어 볼 것이라는 생각이 든 것이다.

석민은 다시 주방으로 나와 어제와 오늘 오전에 설거지해 놓은 그릇과 수저를 수납장에 정리해 넣었다. 그 후 집 안을 한번 돌아본 석민은 이제 빨래와 건조가 끝나고 그 옷을 정리하는 일만 남았다는 것을 알게 되었다. 세탁기 남은 시간은 40분. 건조기 시간까지 합하면 거의 두 시간 반은 필요할 것이다. 석민은 식탁 의자에 앉아 그 시간 동안 무엇을 할지 고민해 보았다. 가장 먼저 떠오른 것은 민아에게 편지를 쓰면 어떨까 하는 생각이었다. 하지만 뭐라고 써야 할까? 미안하다고? 고마웠다고? 둘 다 민아에게 하고 싶은 말은 맞다. 하지만 석민은 그런 말을 편지에 남기는 것이 무슨 의미가 있을까 하는 생각이 들었다. 자신이 얼마나 민아를 사랑했는지 알아주기를 바라는 것일까? 자신이 그동안 잘못했던 것을 민아가 다 용서해 주기를 바라는 것일까? 자신이 죽은 후에도 민아는 자신을 잊지 말고 평생 기억해 주기를 바라는 것일까? 이 모든 것은 민아를 위한 것이 아닌 오히려 석민 자신을 위한 일이 아닐까 하는 의문이 든 것이다.

석민은 다시 한번 생각해 보았다. 자신이 죽은 후에 민아가 어떤 삶을 살았으면 하는지를. 석민은 자신 때문에 민아가 조금이라도 불편함이 없이 살았으면 한다. 자신을 잊고 하루빨리 남은 삶에 적응했으면 한다. 자신이 없더라도 항상 그 행복한 미소를 짓고 살았으면 한다. 자신을 너무 쉽게 잊어버린다면 약간 서운한 마음도 들겠지만, 오랫동안 자신을 기억하고 추억하며 슬퍼하는 것은 더욱 더 석민이 원하는 것은 아니었다. 더는 민아에게 어떠한 나쁜 일도 일어나지 않기를, 자신이 죽는 것이 마지막이기만을 바랐다.

석민은 편지는 쓰지 않기로 결심한 뒤 노트북 컴퓨터를 열었다. 사진을 보기 위해서였다. 석민의 컴퓨터에는, 정확히는 클라우드 사진 저장소에는 어렸을 때부터 오늘 찍은 사진까지 모든 사진이 날짜별로 정리되어 있었다. 디지털카메라가 없었던 시절의 사진들도 앨범에서 꺼내 스캔하여 정리해 왔었다. 남은 시간 동안 석민은 자신의 사진을 보며 자신이 살아온 34년의 세월을 정리해 보고 싶었다.

석민은 자기 얼굴이 나온 사진 중에서 가장 오래된 사진부터 최근 사진으로 정렬된 순서대로 모두 선택한 뒤 자동 재생을 선택했다. 사진 프로그램에서 가끔 제안해 주는 예전 사진을 몇 개 본 적은 있었지만 이렇게 모든 사진을 순서대로 본 일은 없었다. 가장 먼저 나온 사진은 석민이 유치원을 다닐 때 사진, 즉 다섯 살 때 찍은 사진이었다. 유치원에서 소풍 가서 찍은 사진, 어버이날에 절을 하는 사진, 크리스마스 때 단체로 율동하는 사진 등 단체로 찍은 사진들이었다. 혼자 찍었거나 친구 한두 명과 찍은 사진은 없는 것을 보면 예전에도 지금처럼 사진 찍는 것을 그리 좋아하지는 않았던 모양이구나 하는 생각이 들었다. 초등학교 사진도 마찬가지였다. 소풍 가서 찍은 사진들도 단체 사진이 아니면 석민이 놀이기구를 타고 있는 것을 석민 모르게 찍은 사진이 전부였다. 이런 사진들은 석민의 어머니 또는 석민 친구의 어머니가 찍은 사진일 것이다. 단체 사진이 아니면 정면을 보고 찍은 사진이 하나도 없는 것을 보면 다들 자신의 사진을 찍기 위해 얼마나 고생하셨을까 하는 생각이 들어 이제서야 죄송한 마음이 들었다. 그렇게 친구들과 찍은, 아니, 찍힌 사진을 보고 있자니 석민은 어릴 적 친구들의 이름이 하나하나 떠올랐다. 혼자 한화 이글스를 응원하던 준민이, 가장 키가 작아 항상 1번이었던 인혁이, 모든 운동을 다 잘했던 규덕이, 머리카락 색깔이 약간 갈색이어서 염색한 것으로 가끔 오해받았던 승범이. 부끄러운 듯 얼굴이 빨갛게 변하던 영환이…. 지금도 가끔 연락하는 몇몇 친구들이 있지만 친구 대부분은 졸업한 후 소식을 전혀 모르고 지내왔다. 단체 사진을 제외하면 따로 친한 친구들과 찍은 사진이 없는 것을 보면 그 친구들은 자신을 기억하기 힘들겠다고 하는 생각이 들어 석민은 사진 찍는 것을 부끄러워하고, 도망 다녔던 과거가 후회되었다.

하지만 사진 찍은 횟수는 고등학교를 졸업하면서 더욱 더 급격하게 줄어든 모양이었다. 대학교 때는 초중고 때처럼 단체로 여행을 가는 경우도 석민에게는 없었기 때문이다. 석민은 주로 혼자 여행을 다녔는데, 풍경 사진을 제외하고는 셀카도 찍은 적이 없었다. 그래서 스무 살부터는 일 년에 한두 개 정도의 사진만 있을 뿐이었다. 졸업 전 취업을 일찌감치 확정 지은 친구들과 달리 졸업식 당일까지도 취업이 되지 않았던 석민은 졸업식 날 학교는 갔지만 친구들과 마주치지 않기 위해 노력하며 학과 사무실에서 졸업장과 앨범만을 받아 왔었다. 그래서 그 흔한 졸업식 사진조차 없었다.

하지만 곧 컴퓨터 화면에는 밝은 얼굴의 석민 사진이 많이 나오기 시작했다. 스물여덟 살의 석민의 옆에는 지금과 별반 다르지 않은, 항상 반짝이는 눈과 하얀 피부,

귀 뒤로 넘긴 새까만 머릿결, 입꼬리가 올라가도록 입을 벌리고, 치아가 드러나게 웃는, 언제봐도 기분이 좋아지는 표정의 민아가 있었다. 민아의 사진이 나오자마자 석민도 미소를 지었다. 어쩌다 한 번씩, 사진도 겨우 한 장을 찍었던 이전과는 달리 민아와 찍은 사진은 한 자세로 최소 두세 장, 한 장소에서 적어도 열 장은 찍은 듯했다. 사진을 찍고 같이 보는 것을 좋아했던 민아 때문에 이미 여러 차례 봤던 사진이었지만 이번에는 뭔가 달랐다. 항상 민아와 사진을 볼 때도 민아의 얼굴만 봤던 석민이었는데, 이번에는 석민은 자기 얼굴도 같이 보았다. 분명 이전 석민의 표정과는 달랐다. 카메라만 들이대도 어색해하던, 그 사진을 보는 사람까지도 어색하게 만들었던 이전과는 달리, 석민은 카메라를 보며, 또는 민아를 보며 환하게 웃고 있었다. 얼굴만 봐도 기분이 좋아지는, 보는 사람도 같이 웃게 만드는, 민아는 석민에게 그런 사람이었다. 데이트하던 사진, 회사 안에서 몰래 찍었던 사진, 결혼식 사진, 신혼여행 사진, 새집에 들어온 기념으로 찍은 사진, 새 소파를 샀을 때 찍은 사진, 소파에서 낮잠을 자는 자신 옆에서 같이 찍은 사진 등 석민은 사진 한 장 한 장을 볼 때마다 그때의 기억이 떠올라 미소를 짓고, 때로는 소리 내어 웃기도 했다. 수많은 사진에 꽤 많은 시간이 흐르고 있었지만 말 그대로 시간 가는 줄 모르고 컴퓨터 화면의 사진을 보았다.

"삐~ 삐~ 삐~"

건조기 완료 신호음이 들렸다. 중간에 세탁 완료 소리를 듣고 세탁기에서 건조기로 옮겼는데 건조마저 끝난 모양이었다. 하지만 석민은 곧바로 일어서지 못했다. 석민은 어느새 울고 있었다. 민아와의 사진을 보며 한참을 웃던 중 석민의 눈에서는 자신도 모르게 눈물이 고이기 시작했었고, 그 눈물이 모여 한쪽 눈에서 뺨을 따라 흘렀고, 얼마 지나지 않아 손바닥으로 눈물을 닦아 내지 않으면 컴퓨터 화면을 볼 수 없을 정도로 눈물을 흘렸다. 이렇게 자신을 변하게 했던 사람, 이렇게 자신을 웃게 했던 사람, 이렇게 자신을 행복하게 만들었던 사람, 그 누구보다 사랑하는 사람 민아가 지금 옆에 없고, 더 이상 볼 수도 없고, 그녀가 주었던 사랑과 행복을 보답할 기회도 시간도 더 이상 없다는 것이 석민을 너무나도 슬프게 만들었다. 그렇게 입술을 꽉 다물고, 계속 눈물을 닦아 내며 겨우겨우 화면을 보고 있던 석민은 마지막으로 자신이 오늘 오전에 찍었던, 자신의 마지막 사진이 나오자 노트북 컴퓨터를 밀어내고 식탁에 엎드려 큰 소리를 내며 울기 시작했다.

한참을 운 뒤에 석민은 애써 정신을 가다듬고 자리에서 일어나 화장실로 향했다. 찬물로 얼굴을 씻고, 빨갛게 충혈된 눈을 찬물로 계속 씻어 댔다. 이제 좀 진정이 된 것을 확인하고 석민은 건조기로 가서 옷들을 꺼내 바구니에 넣고 거실로 갔다. 석민은 창문을 향해 앉아 빨래를 정리했다. 자신이 회사 갈 때 입었던 옷, 어젯밤에 입었던 옷, 오늘 마지막 외출 때 입었던 옷. 그리고 민아의 셔츠, 민아의 양말 등 민아의 옷이 보이자 또다시 석민은 울컥했지만 애써 울음을 참아내고 옷을 정리했다. 다 갠 옷을 서랍장에 정리하고 나서 석민은 빨래 바구니를 원래 자리로 가져다 놨다.

9시 49분. 옷 방에 빨래 바구니를 가져다 놓은 석민은 벽에 걸린 시계를 보고, 그 밑에 있는 전신 거울로 자신을 보았다. 눈은 아직도 조금은 빨갛지만, 많이 진정되어 보였다. 석민이 생각했던 대로 옷도 자연스럽게 깔끔했다.

그런 자신을 보며 석민은 크게 숨을 들이마셨다가 천천히 내쉬었다. 이제 정말 모든 일을 마친 느낌이었다. 석민은 방의 불을 끄고 거실로 나와 거실 불을 껐다. 평소와 같이 거실 창문, 주방 창문, 현관문이 잘 닫혀 있는지를 확인하고, 화장실 불도 잘 꺼졌는지 확인한 뒤 석민은 침대 방으로 들어갔다. 창문으로 은은하게 들어오는 아파트 단지 가로등 불빛만으로 충분했기 때문에 침대 방의 불은 켜지 않은 채로 석민은 침대의 왼쪽, 항상 자신이 눕던 자리에 이불 속이 아닌 이불 위에 몸을 뉘었다. 석민은 천천히 눈을 감고, 눈을 감은 채로 조용히 속삭였다.

"민아야, 안녕."

10시 13분.

석민은 그렇게 마지막 인사를 남기고 떠났다.

조건규

1977

건규는 몹시 피곤함을 느끼며 눈을 뜨지 못한 채 침대에 누워 몸을 뒤척였다. 금요일이었던 어제도 밤 열한 시가 되어서야 집에 온 건규는 제대로 씻지도 못한 채 침대에 누워 잠이 들었었다. 거기에 이상한 꿈까지 꾸고 잠을 설친 탓에 아침 일곱 시가 넘었지만 제대로 눈을 뜨지 못하고 있었다. 건규는 눈을 감은 채로 꿈속에서 있었던 일을 기억해 보았다. 검은 옷을 입은 덩치 큰 남자와 그가 알려 준 건규의 미래. 마치 꿈이 아닌 듯 너무나 생생하게 떠올랐다. 하지만 건규는 꿈의 내용보다 자신이 꿈을 꾼 것 자체가 좀 더 신기했다. 평일에는 항상 회사에서 늦게 퇴근해서 집에 도착해서는 잠을 자기 바빴고, 주말에도 밀린 회사 일과 집안일을 하고 남은 시간엔 거의 누워서 자는 것을 꽤 오랜 시간 동안 반복해 왔다. 그래서 항상 부족한 수면 시간 때문인지 최근에는 자면서 꿈을 꾼 기억이 없었고, 꿈을 꿨더라도 일어난 뒤에는 거의 기억을 못 하는 경우가 대부분이었다. 그런데 오늘은 모든 장면과 소리가 너무나도 또렷이 기억났고, 그 사실이 신기했다.

'피곤하니까 별 희한한 꿈을 다 꾸네.'

이렇게 생각하며 건규는 무거운 몸을 일으켜 침대에 걸터앉았다. 건규는 두 손으로 깍지를 낀 채 머리 뒤로 가져가 머리를 뒤로 밀어 목과 어깨를 뻗으면서 크게 하품했다. 목을 시계 방향과 반시계 방향으로 한 바퀴씩 돌린 후에 몸을 일으켜 주방으로 걸어갔다. 냉장고 문을 열고 차가운 생수병을 꺼내 뚜껑을 열고 물을 마셨다.

'캬!'

마치 술을 마신 듯한 소리를 낸 뒤에야 건규는 눈을 제대로 뜰 수 있었다. 생수병을 다시 냉장고에 넣은 건규는 화장실을 다녀온 뒤 책상이 있는 방으로 들어가 의자에 앉았다. 건규는 가방에서 노트북 컴퓨터를 꺼내 책상에 올려놓고 전원을 켰다. 컴퓨터가 켜지는 동안 왼쪽에 있던 충전기를 컴퓨터에 연결했고, 책상 오른쪽에 있는 무선 충전기 위에 올려져 있는 핸드폰을 가져와 메시지를 확인했다. 컴퓨터가 켜지자 건규는 비밀번호를 입력하고, 가장 먼저 메일을 확인했다. 간밤에 온 메일을 확인하는 것이 평일이나 주말이나 건규가 일어나 가장 먼저 하는 일이다.

건규는 20년 전 지금 다니는 회사에 입사했다. 서울의 한 대학에서 전자공학을 전공했던 건규는 대학 4학년 때부터 수많은 회사에 꾸준히 이력서를 넣었지만, 대학교 수준 탓인지 번번이 서류 심사에서 탈락했다. 가끔 서류를 통과하여 면접에 응시한 적도 있었지만, 면접관들은 꽤 까다롭게, 또 엄격하게 건규를 대했고, 건규는 자신을 정말 뽑으려고 부른 것인지, 아니면 자신을 혼내려고 부른 것인지 의문이 든 적도 꽤 있었다. 대학 졸업 후에도 취업하지 못한 채 토익 공부와 이력서 쓰기를 반복한 끝에 건규는 스물일곱 살 8월에 첫 회사에 합격할 수 있었다.

대학에서 전자 회로 설계를 주로 공부했던 건규는 당연히 하드웨어 개발 업무를 맡을 것으로 예상했었다. 하지만 그리 규모가 크지 않았던 회사에서 대졸 신입의 대학 때 이수했던 전공과목이나 희망 업무 따위는 전혀 관심 밖이었다. 회사는 사람이 부족했던 소프트웨어 개발 부서에 건규를 여섯 번째 막내 사원으로 배정했고, 건규는 대학교 1학년 때 교양 수업으로 한번 들었던 소프트웨어 개발 관련 업무를 시작하게 되었다.

전혀 배경지식이 없던 건규에게 선배들은 건규에게 업무 지시를 할 때마다 '저런 애를 왜 뽑은 거야' 하는 표정으로 한숨을 쉬었다. 선배들은 매사에 건규를 무시했고, 경험이 없는 것이 아닌 능력이 부족한 것으로 건규를 대하는 일이 많았다. 한번은 바로 위 선배인 최창률 대리가 커피 한잔을 하자는 말에 회사 건물 옥상으로 간 일이 있었다.

"건규 씨는 이 회사 왜 왔어요?"

뜬금없는 최 대리의 질문에 건규는 똑바로 대답하지 못하고 머뭇거렸다.

"내가 보기에는 건규 씨는 능력도 있고, 똑똑한 것 같은데."

"아닙니다. 모르는 것도 너무 많고요."

평소 말도 몇 번 나누지 않았던 최 대리의 갑작스러운 칭찬에 건규는 속으로 매우 놀랐다. 하지만 그것이 칭찬이 아니었다는 것은 곧 알 수 있었다.

"그래서 말인데, 건규 씨처럼 똑똑한 사람이 왜 이 회사에서 욕먹으면서 있는지 모르겠어. 다른 회사 찾아보는 건 어때?"

건규는 매우 놀라기도 했고, 기분도 나빴지만, 겉으로 드러내지 않으려 애쓰며 대답했다.

"아…, 네…. 제가 더 열심히 해야죠."

최 대리는 건규의 대답에 고개를 갸우뚱하면서 쓴웃음을 짓고 손에 든 커피를 마셨다.

그날 이후 건규는 서점에서 소프트웨어 개발 언어 관련 책을 사서 주말 동안 집에서 열심히 공부했다. 평일에는 일찍 퇴근하면 일이 없냐며 욕을 먹어야 했고, 또 늦게까지 퇴근을 안 하면 하는 일도 없이 왜 남아 있냐며 욕을 먹어야 했기 때문에 평일 회사에서 따로 공부한다는 것은 상상도 할 수 없었다.

책과 선배들의 개발 산출물을 혼자 공부하며 열심히 노

력한 끝에 1년이 넘어가면서부터 욕을 먹는 횟수가 줄어들었고, 2~3년이 흘렀을 때는 승진을 못 해 대리에 계속 머물러 있는 최창률 대리보다 많은 일을 하게 되었고, 자연히 팀의 욕받이는 건규에서 최 대리로 넘어가게 되었다. 4년 차가 되었을 때는 연구소 전체에서 일 년에 한 명을 뽑는 우수사원상을 받게 되었고, 그 이후로 건규는 항상 높은 평가 점수를 받았고, 대리에서 과장이 될 때는 특진도 할 수 있었다.

건규가 상을 받고, 승진하고, 좋은 일이 생길 때마다 건규를 욕했던 같은 부서 선배들은 마치 자신들의 가르침과 도움으로 생긴 일인 것처럼 공치사를 늘어놓았다. 하지만 건규는 그런 말에 전혀 신경을 쓰지 않았다. 건규가 제때 승진을 하고, 특진하고, 중요한 프로젝트를 맡을 때마다 그런 선배들은 승진에 빠지고, 중요한 업무에서 제외되었고, 곧 건규와 같은 직급, 나중에는 건규보다 낮은 직급이 되어 가고 있었기 때문이다.

그렇게 회사에서 승승장구하는 동안 건규는 꽤 많은 돈을 벌었고, 회사 내에서도 유명 인사가 되어 있었다. 건규는 더 인정받기 위해 밤낮으로 일했고, 퇴근해서도 계속 일 생각만을 했다. 그런 습관은 아마 최 대리와의 옥상 면담 때부터였을 것이다. 그 대화 이후로 건규는 최 대리보다 더 잘하기 위해 열심히 공부했고, 그보다 더 많은 일을 하기 위해 더 빨리 더 정확히 일을 하기 위해 끊임없이 노력했다. 그 노력은 어느새 습관이 되어 자는 시간을 제외하고는 모두 업무 생각만을 하며 하루를 보냈다. 회사 노트북 컴퓨터는 항상 집으로 가져가서 퇴근해도 온라인 상태를 유지했고, 아침에 일어나서도 어제 못했던 일을 하고, 오늘 해야 할 일을 미리 정리했다. 그렇게 일에만 매달리는 것을 알고 있는 동료들은 건규에게 이런 질문을 한 적이 있다.

"조 과장님은 취미 없어요? 계속 일만 하시고, 지루하지 않으세요?"

"취미요? 전 그냥 일하는 게 재미있는데요."

그런 대답을 들은 동료들은 더는 대화를 잇지 못했다.

그렇게 회사 업무가 건규의 생계 유지 수단이 아닌 삶 자체가 되어 가는 동안 건규는 회사 이외의 것들은 전혀 챙기지 못했다. 친구들은 하나둘 연락이 끊겼으며, 부모님과도 관계가 소원해졌고, 하나밖에 없는 여동생과도 연락을 하지 않게 되었다. 당연히 결혼도 하지 못했다. 주위에서 여러 번 여자를 소개해 줬지만, 건규는 번번이 거절했다. 그래서 나이가 마흔이 훌쩍 넘어가도록 결혼도 하지 않은 채 혼자 살고 있었다. 하지만 건규는 전혀 신경 쓰지 않았다. 건규에게 중요한 것은 가족의 생일이 아니라 프로젝트 납품 일정이었고, 가족, 친구와의 대화가 아니라 고객과의 회의였다. 그렇게 건규는 한 회사에서 20년을 다니고 있었다.

지난밤에는 고객으로부터 몇 통의 메일이 와 있었는데, 다음 주 화요일 회의 일정에 관한 내용이었다. 현재 건규의 회사는 독일 자동차 회사와 프로젝트를 진행 중이다. 국내 자동차 업체의 협력 업체로만 사업을 했던 건규의 회사는 몇 년 전 사업 확장을 위해 해외 업체와의 사업을 추진했었지만, 해외 업체와의 프로젝트 경험이 없던 탓에 해외 시장 진출은 계속 실패했었다. 그러다가 다행스럽게도 작년 초에 한 독일 자동차 회사로부터 협업 요청을 받게 되었다. 하지만 단독 계약이 아닌 기존에 납품받던 업체와 경쟁을 통해서 최종 양산 업체를 선정하겠다는 조건이었다. 샘플을 만들고 제출한 뒤에 평가받아야 하는데 만약 납품 업체로 선정되지 못한다면 건규 회사는 큰 손해를 얻을 수 있는 위험한 사업이었다. 하지만 성공만 한다면 이 프로젝트를 발판으로 다른 해외 업체들과의 프로젝트도 따낼 수 있을 거라는 사내 의견이 지배적이었다. 그래서 이 중요한 프로젝트는 건규에게 맡겨졌고, 건규는 작년부터 더욱더 회사 업무에 몰두했다.

작년 말 첫 번째 샘플을 제출했던 건규의 회사는 독일 업체로부터 좋은 반응을 끌어내지는 못했었다. 건규 회사 제품의 품질 자체의 문제라기보다는 기존의 회사와 오랜 기간 협업을 하면서 쌓아 왔던 업무 처리 방식, 소통 방법 등이 익숙하지 않은 데서 비롯된 문제였다. 프로젝트 담당자였던 건규는 불합리하다고 여겨질 만한 사소한 요청 사항까지 모두 받아들였고, 그 후 몇 달 동안 고객 요구 사항의 모든 것을 반영하고, 두 번째 샘플을 이번 주에 독일로 납품했었다. 제품은 보냈지만, 정식 회의를 통해 지난 샘플의 보완점 등 납품한 샘플에 대한 설명을 다음 주 화요일 저녁, 독일 시각으로는 오전에 화상 회의를 통해서 하기로 예정이 되어 있었다.

독일 업체에서는 화요일 회의 전 회의 일정과 발표 자료 등을 미리 보내 달라는 요청이었고, 건규는 이미 어제 오전 자료 작성을 마친 상태였다. 하지만 그 자료는 사장님의 승인이 필요했기 때문에 어제 오후 사장님에게 전자 결재를 올렸다. 건규는 회사 시스템에 접속하여 결재 상태를 조회해 봤지만, 사장님은 아직 그 결재 문서를 조회도 하지 않은 상태였다. 건규는 사장님의 느린 일 처리를 이해하지 못했지만, 사장님에게 결재 문서 검토 및 승인을 요청하는 메일을 바로 보냈다. 그리고 독일 업체의 메일에 대해서는 독일 시각 월요일 오전 업무 시작 전까지 보내 주겠다고 회신했다. 건규의 결재 문서나 회의 자료 등이 사장님에게 반려되었던 적은 단 한 번도 없었기 때문에 아무리 늦어도 월요일 오전에만 결재가 난다면 독일 시각 월요일 오전까지는 메일로 보낼 수 있을 거라고 확신했기 때문이다.

그때 건규의 머릿속에 갑자기 떠오르는 기억이 있었다.

"여러분들은 모두 내일 밤에 죽습니다."

어젯밤 꿈속에서 검은 옷을 입은 덩치 큰 남자가 했던 말과 그 얼굴이 떠오른 것이다. 터무니없는 악몽이라고 생각했었지만, 혹시나 그게 진짜라면 어떻게 하지 하는 생각이 들자 건규의 머릿속은 갑자기 복잡해지기 시작했다.

'내가 만약 오늘 죽으면, 다음 주 회의는 어떻게 하지?'

건규의 걱정은 건규 자신이 죽는다는 것이 아니었다. 다음 주에 있을 회의가 걱정이었다. '혹시 모르니까 김 부장에게 대신 회의에 들어가 달라고 할까? 자기 프로젝트 아니면 절대 도와줄 사람이 아닌데. 프로젝트 매니저 신 부장에게 회의를 진행해 달라고 할까? 원래 회의는 개발팀이 아니라 PM이 진행하는 게 맞잖아. 원칙대로 하자고 요청해 놓을까? 아니야. 요리조리 핑계 대며 잘 빠져나가는 사람이니 곱게 승낙할 리가 없지. 완철 과장에게 부탁해 볼까? 같은 팀에서 계속 같이 개발해 왔으니 내용을 제일 잘 알 텐데. 잠깐. 지난주에 셋째 아이 낳았다고 하지 않았나? 맞다. 다음 주에 출산 휴가 신청했었지.'

건규는 아무리 생각해도 마땅한 대체자가 떠오르지 않았다. 이제껏 일하면서 일을 미룬 적도, 일을 도와 달라고 한 적도 없었기 때문에 자신을 대신해 도와줄 사람이 떠오르지 않았다. 만약 오늘 죽는다면 프로젝트에 대해 인계 작업을 할 수 있는 시간은 오늘밖에 없는데, 인수자를 찾을 수가 없다는 사실에 건규는 매우 답답하고 초조한 마음이 들었다. 그런데 문제는 그것뿐만이 아니었다. 누군가에게 부탁하고 일을 넘기려면 충분한 사유가 필요할 것이다.

'뭐라고 얘기하고 대신해 달라고 하지? 휴가? 건강 검진 말고 개인 휴가를 냈던 게 언제였지? 휴가 사유는? 그냥 가사? 결혼도 안 한 사람이 집에 일이 있다고 휴가를? 그것도 중요한 회의를 못 할 만큼?'

건규는 도무지 마땅한 사유가 생각나지 않았다. 적어도 이렇게 중요한 업무를 넘겨야 할 정도로 큰일이 뭐가 있을지 생각해 봤다. 보통 결혼하고 자녀가 있는 직원들은 아이 학교에 간다거나 아이가 병원에 간다거나 하는 사유로 휴가를 낸다. 하지만 건규는 자녀도 없고, 아내도 없고, 가족과 떨어져 혼자 살고 있는 것을 동료 대부분이 알고 있다. 그런데 갑자기 가족이란 단어가 건규의 마음을 건드렸다.

마지막 날이 될 수도 있는 날 가족이 아니라 회사 일만 걱정한다고? 건규는 갑자기 뒤통수를 한 대 맞은 것처럼 정신이 번쩍 들었다. 자신이 갑자기 너무 한심하게 느껴졌다. 회사야 자신이 살아 있고 재직 중일 때 중요한 것이지 자신이 죽고 난 다음에는 무슨 소용이 있을까? 건규는 이런 생각을 하며 가족을 떠올려 보았다.

8년 전 건규의 아버지가 암으로 돌아가신 뒤 건규의 어머니는 혼자 고향 집에서 지내고 계셨다. 일이 바쁘다는 핑계로 건규는 일 년에 한 번 정도만 어머니 집에 갔었고, 그것도 이튿날 또는 당일에 곧바로 올라오는 경우가 많았다. 건규와는 달리 건규의 여동생 혜인은 어머니와 매우 가깝게 지냈다. 거의 주말마다 고향 집에 갔었고, 거의 매일 전화 통화를 했었다. 그러던 중 혜인도 결혼했고, 남편의 직장을 따라 4년 전 캐나다로 가서 지금까지 살고 있다. 건규는 장남이었지만 가족을 돌보기는커녕 전화 한 통 하는 경우가 없었기 때문에 어머니뿐만 아니라 혜인과도 연락을 거의 하지 않았었다. 그러다 2년 전쯤 건규가 회사에 있을 때 캐나다에 있는 혜인으로부터 전화가 왔었다.

"오빠, 나야. 바빠?"

"어. 무슨 일이야?"

"오빠 최근에 엄마 보거나 전화 통화 해 본 적 있어?"

"아니. 바빠서 못 가 봤는데. 왜 무슨 일 있으셔?"

건규의 사무적인 말투에 혜인은 기분이 나빴는지 잠시 말을 하지 않다가 잠시 후 조심스러운 목소리로 말을 했다.

"확실한 건 아닌데, 엄마가 조금 이상한 것 같아."

"왜? 무슨 일 있었어?"

가족 일에 크게 관심이 없던 건규는 여전히 퉁명스러운 말투로 대답했다.

"내가 학교 졸업한 지가 언젠데, 나보고 방학 언제 하냐고 하시고, 언제 집에 오냐고 하시더라고. 그래서 난 엄마가 장난치시는 줄 알고, '엄마, 내가 결혼한 지가 언젠데 학교 타령이야' 하고 놀렸는데, 엄마가 잠깐 당황하시더니 '응, 장난이야' 하시더라고."

"농담하신 건가 보지."

건규는 대수롭지 않게 대답했다.

"아니야. 얼마 전에는 오빠가 이번 학기에도 장학금 받았다고 자랑하시더라고. 기억이 왔다 갔다가 하시는 것 같아. 오빠, 듣고 있어?"

"어, 듣고 있어."

"오빠 나 엄마한테 무슨 일 생길까 봐 걱정돼서 그러는데 오빠가 좀 가서 엄마랑 병원 가 보면 안 될까?"

건규는 그 말을 듣자마자 한숨부터 나왔다. 하지만 건규는 모니터 옆 달력을 보고 혜인에게 말했다.

"2주 있다가 회사 창립 기념일 있거든. 평일이니까 내가 병원 예약 해 놓고 가서 어머니랑 검사받고 올게."

"2주 후에? 더 빨리는 안 되겠지?"

건규가 대답을 하지 않자 혜인은 잠시 기다린 후 다시 말을 이었다.

"그래, 바쁜데 고마워. 병원 다녀오면 나한테도 꼭 결과 알려 주고. 그럼 끊을게. 일해."

"어, 그래."

그렇게 말하고 건규는 전화를 끊었다. 건규는 달력에 '어머니 병원 검진'이라고 쓰고, 메모지에 '병원 예약'이라고 쓴 뒤 모니터 옆에 붙였다.

2주 후 창립 기념일 전날 건규는 퇴근 후 어머니 집으로 갔다. 갑자기 찾아온 아들에 깜짝 놀란 건규의 어머니는 무슨 일인지 물었고, 건규는 어머니께 사실대로 말씀드렸다. 어머니는 본인의 상태를 인지하지 못하고 있었기 때문에 적지 않은 충격을 받았지만, 아들의 권유대로 다음

날 병원에 가기로 했다.

검사 후 의사와의 상담 중 건규는 매우 복잡한 얘기를 들었다. 모든 설명을 알아듣지는 못했지만, 의사의 말을 요약해 보면 이랬다.

어머니는 퇴행성 뇌 질환, 알츠하이머병. 혜인이 걱정한 대로 어머니는 치매였다. 의사는 어머니가 현재는 기억력이 가끔 문제를 보이는 정도지만 점점 상태는 안 좋아질 것이고, 언어 기능이나 판단력 등 일상생활이 힘들어지실 것이라고 했다.

설명을 듣고 가장 큰 충격을 받은 사람은 어머니 본인이었다. 그 정도는 아니라며, 나이가 들면 다들 기억이 잘 안 나는 때도 있고 그렇다며 애써 부정했다. 그리고 건규에게 본인은 괜찮다며 걱정하지 말라고 했다. 우선 집으로 어머니를 모셔다 드린 건규는 혜인에게 전화로 검사 결과를 알렸다. 혜인은 한참을 울고 나서야 건규에게 말했다.

"이제 어떻게 할 거야? 당분간만 오빠가 엄마랑 같이 살면 안 될까? 내가 준비되는 대로 엄마 모시고 올게. 응?"

건규는 혜인의 말을 듣고 잠깐 어머니와 같이 사는 것

을 생각해 보았다. 아침 일찍 출근해서 밤늦게야 들어오는 자신이 어떻게 어머니를 돌본단 말인가. 어차피 자는 시간을 제외하고 혼자 집에 계실 거면 자기 집이나 어머니 집이나 큰 차이가 없을 거란 생각이 들었다. 건규는 일단 생각해 보겠다고 혜인에게 대답하고 전화를 끊었다.

건규는 나중에 의사와 몇 번의 상의를 한 끝에 자기 집에서 가까운 요양원으로 어머니를 모시기로 했다. 동생 혜인은 절대 안 된다며 화를 냈지만 당장 어머니를 모실 여건이 안 되는 건 혜인도 마찬가지였기 때문에 이내 다른 방법이 없다는 데 동의했다. 어머니 역시 괜찮다며 혼자 조심하면서 살면 된다고 하며 거절하셨다. 하지만 얼마 후 주방에서 어머니의 실수로 화재가 한 번 발생한 다음에는 본인도 위험을 인정할 수밖에 없었다.

그렇게 건규의 어머니는 1년 반 전 건규 집에서 차로 30분 정도 거리에 있는 치매 전문 요양원에 들어갔다. 건규는 처음에는 주말마다 요양원에 찾아갔었지만, 점차 그 빈도가 줄어들었고, 최근에는 약 석 달 동안 요양원을 찾아가지 않았었다.

건규는 그렇게 요양원에 계신 어머니가 생각났고, 오늘 어머니를 찾아가 봐야겠다고 생각했다. 건규는 노트북 컴퓨터를 덮고, 화장실로 가서 깨끗이 면도부터 했다. 오랜만에 찾아뵙는데 깔끔하게 하고 가야 할 것 같았다. 하얀 셔츠와 어두운 회색 면바지를 입고 건규는 요양원으로 향했다.

10시가 다 되어 갈 때쯤 건규의 차는 요양원 주차장에 도착했다. 건규는 원무과에서 면회를 신청했고, 잠시 기다리라는 요청을 받고 의자에 앉아 있었다. 오 분이 채 되지 않았을 때 간호사 한 명이 와 건규에게 말을 걸었다.

"박진숙 환자분 아드님 되시나요?"

"네."

"오랜만에 오셨네요."

"네."

간호사의 말에 건규는 고개를 약간 떨구며 조용히 대답했다.

"오늘 박진숙 환자분 컨디션이 괜찮으시니까 바로 들어가셔도 되는데요."

간호사는 마치 뭔가 더 할 말이 있는 듯 말끝을 흐렸고,

건규는 간호사의 눈치를 살피며 아무 말도 하지 않고 그녀가 말을 더 잇기를 기다렸다.

"그런데요. 사실 요즘 박진숙 환자 상태가 좋아지셨다가 안 좋아지셨다가 하시거든요. 그래서 가끔 사람을 잘 못 알아보실 때가 있어요. 혹시 오늘 아드님을 못 알아보실 수도 있으니까 너무 놀라지 마시고요. 그렇다고 억지로 설명하신다거나 그러시면 상태가 더 나빠질 수 있으니까 조심히 해 주시고요."

건규의 어머니가 처음 치매 판정을 받았을 때 의사는 건규에게 상태가 점점 안 좋아질 수도 있다고 말했었다. 그때는 그렇게 심각하게 받아들이지 않았었는데 막상 자신을 알아보지 못할 수도 있다는 말에 건규는 가슴이 먹먹해졌다. 건규는 숨을 길게 내쉬며 고개를 끄덕였고, 간호사는 자리에서 일어나 손으로 건규에게 병실 방향을 안내해 주며 고개 숙여 인사를 했고, 건규도 가볍게 고개를 숙여 인사를 한 뒤 병실로 걸어갔다.

병실 앞에 도착한 건규는 2인실 두 명의 환자 이름에서 어머니의 이름을 보았다. 심호흡을 크게 한번 한 뒤에 노크하고 입원실 문을 열었다.

입원실에는 좌우로 나뉘어 침대가 하나씩 있었다. 오른쪽 침대는 비어 있었고, 왼쪽 침대에는 한 명이 창문을 보고 앉아 있었다. 건규는 뒷모습만으로 어머니임을 알 수 있었다. 하지만 건규는 뭐라고 불러야 할지 몰라 잠시 가만히 서 있었다. 어머니가 요양원에 오시기 전에도 건규는 어머니라고 불러 본 적이 없었다. 집에 들어갈 때도 '저 왔어요'라고만 했고, 어머니에게 뭔가 할 말이 있을 때도 호칭은 생략한 채 곧바로 말을 시작했었다.

그렇게 잠시 고민하고 있을 때 건규의 어머니, 진숙은 서서히 고개를 돌려 건규를 쳐다봤다. 건규와 눈이 마주친 다음에도 건규는 입을 열지 못하고 있었다. 그때 진숙이 먼저 입을 열었다.

"누구…?"

"네?"

건규는 자신을 알아보지 못하는 어머니에게 놀라 말을 잇지 못했다.

"아…, 내가 얼굴은 기억나는데, 어…, 갑자기 생각이 안 나서 말이야…."

진숙은 상대방을 못 알아보는 것이 미안한 듯 둘러대며

말했다. 건규는 뭐라도 빨리 대답해야 할 것 같아 거짓말로 이렇게 말했다.

"아…, 저 복지사예요. 사회 복지사."

"아, 맞다. 복지사 양반. 전에도 왔었잖아요, 그렇죠?"

진숙은 마치 인제야 생각이 났다는 듯 거짓으로 아는 체를 했다.

"네. 몇 번 뵈었었죠."

진숙은 그제야 환하게 웃으며 건규에게 침대 옆 의자로 와서 앉으라는 손짓을 했다. 건규도 애써 밝게 웃으며 의자에 앉아 어머니와 마주했다.

"복지사 양반, 오랜만에 왔네. 그런데 토요일도 일해요? 오늘 토요일 맞나? 맞지?"

"네. 주말에도 가끔 일하고 그래요."

"아, 그렇구나. 힘들겠네. 그러면 오늘 나한테는 무슨 일로 온 거예요?"

건규는 사실 복지사가 무슨 일을 하는지 잘 알지 못했다. 그래서 어떻게 대답해야 하나 고민하다가 급하게 둘러댔다.

"네. 우리 동네에 계신 어르신 분들 찾아뵙고, 건강하신

지도 보고, 얘기도 해 드리고 그런 거예요."

"아, 그렇구나. 노인네들 얘기 들어 주기 힘들 텐데. 그러면 오늘은 주말인데 나 때문에 쉬지도 못하고 나온 거예요? 아이고, 미안해라."

"어머님, 아니에요."

건규는 손사래를 치며 괜찮다고 했고, 진숙은 그래도 미안한 표정을 지었다. 건규는 빨리 대화를 이어 나가야겠다고 생각했다.

"어머님은 여기 들어오신 지 얼마나 되셨어요?"

"나? 난 꽤 됐지. 1년 정도 됐을걸? 에이, 근데 여기서는 하루하루가 똑같아서 달력 이런 거 잘 안 봐."

"그래도 오늘 토요일인 건 아셨잖아요."

"아, 그건 TV 주말연속극 보는 날이라 알지. 난 드라마가 제일 재미있어. 그거 말고는 재미있는 일이 없어."

진숙은 벌써 저녁에 방송되는 드라마 생각이 났는지 표정이 밝아졌다.

"예전에도 드라마 좋아하시더니 여기 오셔서도 드라마 보세요?"

건규는 어렸을 때부터 드라마를 좋아하시던 어머니의

모습이 떠올라 이렇게 물어봤다.

"예전에요? 아, 내가 드라마 좋아한다고 전에도 얘기했구나. 그렇죠?"

건규는 당황했지만 내색하지 않고 웃으며 고개를 끄덕였다. 건규는 어머니가 좋아하는 드라마에 대해 계속 물어보며 대화를 이어 나갔다.

한참 동안 최근 드라마에 관한 얘기를 들은 건규는 진숙에게 조심스럽게 질문했다.

"어머님은 자녀분들이 어떻게 되세요?"

"우리 애들? 난 아들 하나, 딸 하나 있지."

진숙의 얼굴에는 자식들 얘기에 약간 화색이 돌았다. 건규는 자신의 얘기를 하는 것이 부담스러웠지만 이야기를 이어 갔다.

"자녀분들은 어디 사세요?"

"우리 딸은 결혼해서 거기 어디더라, 미국은 아닌데. 어…, 아무튼 외국에서 살아."

"아드님은요?"

"아들? 아들은 저기…, 여기서 조금 멀리서 살아."

진숙은 건규가 요양원에서 그리 멀지 않은 곳에 살고

있는 것을 기억하지 못하신 것인지, 아니면 가까이 있는 아들과 떨어져 요양원에 와 있는 것을 말하기가 꺼려졌던 것인지 시선을 다른 곳으로 돌리며 말끝을 약간 흐렸다. 건규는 죄송한 마음이 들었지만, 표정에 드러나지 않게 애를 쓰며 말을 이었다.

"자녀들 키우시느라 고생 많으셨겠어요."

건규는 어렸을 때부터 지금까지 어머니가 자신에게 화를 내거나 자신을 혼냈던 모습을 본 적이 없었다. 건규나 동생 혜인이 아무리 짜증을 내고, 화를 내도 얼굴 한번 찌푸린 적이 없었고, 항상 '고맙다, 미안하다'라는 말만 할 뿐이었다. 그렇게 어머니에게 못되게 굴었던 자기 모습이 잠깐이나마 기억나 고생이 많으셨겠다는 말을 한 것이다.

"고생은 무슨. 내가 우리 애들 자랑 같아서 말하기가 좀 그런데, 우리 애들은 진짜 착했어. 말도 잘 듣고, 엄마가 뭐 시키기 전에 다 알아서 하고. 진짜 나는 애들 편하게 키웠지. 애들 크면서 진짜 내 속 한번 썩인 적이 없는 애들이야. 내 자식이라서가 아니라 진짜 우리 애들 착해. 특히 우리 아들은 내가 단 한 번도 공부해라, 숙제하라고 말한 적이 없다니까? 그런데도 항상 일등 하고, 상도 많이 받아 오고. 장학금도 받고."

건규는 정작 자신에 대한 자랑임에도 불구하고 자신이 어머니를 대했던 태도를 잘 알고 있어서 오히려 그 칭찬이 더욱 민망하고 부끄럽게 느껴졌다.

"다 어머님이 잘 가르쳐 주시고, 잘 키워 주신 거겠죠."

건규의 말에 진숙은 두 손바닥을 펼쳐 가로저으며 말했다.

"아니야, 아니야. 나는 진짜 해 준 게 없어. 다 우리 애들이 알아서 잘 큰 거지. 나는 너무 해 준 게 없어서 항상 미안했지. 복지사 양반도 애들 키워 봤으면 알겠지만, 애들은 진짜 자기가 알아서 큰다니까? 부모가 뭘 해 주려고 해도 자식들은 부모 마음대로 되지도 않고, 결국 자식들이 알아서 하고 싶은 거 하고, 되고 싶은 거 되더라고. 우리 애들도 다 자기들이 하고 싶은 거, 되고 싶은 거 다 잘 찾아서 잘했어. 진짜 난 애들한테 뭘 해 준 게 하나도 없어."

그렇게 손사래를 치며 말을 했던 진숙은 갑자기 뭔가 생각난 듯 건규를 바라보고, 목소리를 살짝 낮추며 물었다.

"그런데 복지사 양반, 결혼은 했지?"

"아니요. 전 아직 못했습니다."

진숙은 예상치 못한 답변에 미안해하며 말했다.

"그래? 아이고, 이 늙은이가 또 실수했네. 결혼도 안 한 사람한테 애들 키워 봤냐고 이상한 소리나 하고. 미안해요. 아이고. 우리 아들도 아직 결혼을 못 했는데. 똑같네."

"그런데 복지사 양반은 왜 결혼을 못 했어? 안 한 건가?"

"그냥 좀 바쁘기도 하고요, 별로 여자를 만나고 싶거나 결혼하고 싶거나 그런 생각이 없어서요."

"그래도 너무 늦기 전에 결혼하는 게 좋을 텐데. 내가 살아 보니까 다른 사람들이 다 한다고 꼭 따라서 할 필요는 없는데, 그래도 많은 사람이 결혼도 하고, 애도 낳고, 그렇게 가정도 만들고 그러는 데는 다 그만한 이유가 있으니까, 또 그만큼 좋으니까 한 거 아니겠어?"

건규의 회사 동료들이나 동생 혜인은 항상 건규가 혼자 사는 것에 대해 많이 걱정했었다. 그러나 어머니는 건규에게 단 한 번도 결혼에 대해 재촉하거나 물어본 적이 없었기 때문에 어머니가 이런 생각을 갖고 계신 것에 대해 건규도 약간 놀랐다.

아무 대답을 하지 못하고 있는 건규를 보던 진숙은 또 다시 미안한 표정을 지으며 말했다.

"아이고, 내가 또 괜한 말을 했네. 자기 자식도 결혼을 못 시켜 놓고, 남의 귀한 아들한테 결혼하라고 잔소리나 하고. 내가 또 미안해요."

"아닙니다. 괜찮습니다."

건규도 손바닥을 흔들며 괜찮다며 웃어 보였다. 아주 잠깐이지만 대화가 끊기자 둘 사이에는 약간의 어색함이 느껴졌다. 건규는 어색한 분위기를 깨고자 다시 대화를 이어 갔다.

"어머님 자녀분들은 자주 보세요?"

건규는 자신이 한 질문에 스스로 놀랐다. 몇 달 동안 찾아오기는커녕 연락 한 번 하지 않은 자신이 무슨 염치로 이런 질문을 했는지 너무 부끄러웠다.

"에이, 내가 오지 말라고 했어."

진숙은 고개를 가로저으며 말했다.

"왜요?"

"왜긴 왜야. 다들 바쁜데 뭘 여기까지 와. 난 여기서 편하게 잘 있는데. 오면 귀찮기만 하지. 그리고, 우리 작은 애는 지금 외국에 있잖아. 툭하면 엄마 보러 들어온다고 그러는데, 비행기표가 얼마야. 내가 돈 아깝다고 오지 말라고 했어."

"네. 그래도 아드님은 한국에 있으니까 가끔 보면 좋으시잖아요."

"우리 아들? 우리 아들은 엄청 바빠."

진숙은 목소리를 작게 만들고 말했다.

"사실, 자식 자랑 같아서 말하기가 좀 그런데. 우리 아들이 지금 대기업에 다니거든. 학교 다닐 때부터 그렇게 공부를 잘하더니 대학도 서울에 좋은 학교에 한 번에 합격하고, 금방 취직도 했거든. 거기 들어가서도 얼마나 일을 잘하는지 승진도 하고, 상도 받고 그랬어. 그래서 지금 회사에서 차장인가, 부장인가, 아무튼 높은 자리에 있어."

건규가 부장으로 승진한 것도 벌써 3~4년은 된 일이다. 하지만 건규는 사원, 대리 이후에는 승진뿐만 아니라 회사 관련된 일을 어머니에게 말한 적이 없었다. 그러니 진숙은 건규의 정확한 직급을 알지는 못했을 것이다.

"그렇게 바쁜데 여기는 뭐 하러 와. 내가 절대 오지 말라고 했어. 걔도 주말에는 좀 쉬어야지."

"그러면 전화 통화는 가끔 하시나요?"

"우리 아들이랑? 아니. 내가 전화 잘 받지도 못해. 난 핸드폰 잘 안 들고 다니거든."

진숙은 상의 주머니에 있던 핸드폰을 슬며시 꺼내더니 침대에 내려놓았다.

"이거 무거워서 잘 안 들고 다녀. 잘 쓸 줄도 모르고. 그리고 내가 오늘이야 복지사 양반이랑 얘기하느라 여기 있는 거지 평소에는 계속 산책하고 바쁘거든. 그래서 전화가 와도 내가 잘 못 받아. 그래서 내가 우리 아들한테도 무슨 일 있으면 내가 연락할 테니까 걱정하지 말고 전화하지 말라고 했어. 바쁜데 뭘 전화해. 난 여기서 잘 있는데."

어머니가 거짓말까지 하며 아들을 감싸는 모습에 건규는 마음이 아팠다. 건규는 눈을 마주치지 않기 위해 시선을 내려 어머니가 내려놓은 핸드폰을 봤다.

4년 전 동생 혜인이 캐나다로 간 이후 어머니와 무료 통화를 하기 위해 어머니도 스마트폰이 있어야 한다고 했고, 한국에 있는 건규에게 핸드폰을 바꿔 드리라고 부탁했었다. 건규는 바쁘기도 했고, 귀찮기도 했지만, 핸드폰을 빨리 사 드려야 동생이 전화하지 않을 거라는 생각에 적당한 스마트폰과 가게에서 공짜로 준 투명 케이스를 가지고 어머니 집으로 갔다. 건규는 미리 설정해 놓은 비밀번호와 패턴을 알려 드렸고, 전화하는 방법, 전화 받는 방법, 문자메시지 읽는 방법, 문자 메시지 받는 방법, 그리고 혜인이 요청한 대로 카카오톡으로 혜인과 영상 통화를 하는 방법을 알려 드렸다. 건규가 알려 주는 대로 잘 듣고 따라 하기만 했던 건규의 어머니는 건규가 집을 나서기 전 조심스럽게 부탁 한 가지를 했다.

"건규야, 미안한데, 혹시 비밀번호 좀 바꿔 줄 수 있을까?"

"왜요? 어머니 전화번호 뒤에 네 자리로 해 드렸는데, 그게 외우시기 쉽잖아요."

"아니, 내가 통장 비밀번호도 그렇고, 다 똑같은 것만 쓰거든. 그래서 같은 걸로 해야 안 헷갈릴 것 같아서. 어려운 거면 놔두고."

건규는 작게 한숨을 쉬고 나서 어머니의 핸드폰을 받아서 들었다. 몇 번의 터치 후 어머니에게 물었다.

"지금 바꿔 드릴게요. 어떤 숫자로 해 드려요?"

"0509."

건규는 어머니가 말한 숫자로 비밀번호를 바꾼 후 핸드폰을 돌려 드렸다. 핸드폰을 받아 든 건규의 어머니는 수줍게 웃으며 건규에게 고맙다고 말했다.

사실 0509는 건규의 생일 5월 9일을 뜻하는 숫자다. 4년 전 핸드폰에 끼웠던, 지금은 누런색으로 변해 버린 투명 케이스처럼 비밀번호도 자신의 생일인 0509 그대로겠다고 하는 생각이 들었고, 어머니의 핸드폰 케이스를 바꿔 드릴 생각조차 못 했던 자신의 무심함과 모든 비밀번호를 자신의 생일로 사용하고 계신 어머니에게 감사함, 그리고 미안함 등으로 인해 건규는 가슴이 먹먹해졌다.

잠시 대화가 끊겼을 때 진숙은 건규에게 물었다.

"그런데 계속 여기 있어도 되는 거야? 가야 하는 거 아니야? 내가 너무 오래 붙잡아 두는 것 같은데."

시계를 보니 열두 시가 다 되어 가고 있었다. 건규는 좀 더 있고 싶은 마음에 이렇게 둘러댔다.

"오후에 있었던 일정이 취소되어서요, 저 오늘 갈 데가 없어요. 좀 더 있어도 되죠?"

진숙은 그 말을 듣고 입꼬리가 살짝 올라갔지만, 고개

를 돌려 창문 밖을 보며 퉁명스럽게 대답했다.

"에이, 나 피곤한데 더 있으려고? 그러면 점심시간이니까 밥이나 같이 먹든지."

"그럴까요? 그러면 지금 같이 가시죠."

건규는 밝은 목소리로 자리에서 일어났다. 진숙도 자리에서 일어나며 핸드폰을 집어 다시 주머니에 넣었다. 그리고 건규에게 따라오라는 손짓을 하고 앞장서서 걸었다.

잠시 후 식당에 도착한 진숙은 건규에게 말했다.

"여기서 잠깐만 기다려."

건규는 어머니가 화장실에 가시나 보다 하고 식당 입구 한쪽 편에 서서 어머니를 기다렸다. 잠시 후 돌아온 진숙은 건규에게 손을 내밀었다.

"자, 받아."

"이게 뭐예요?"

"식권이야. 나는 그냥 먹으면 되는데 외부 사람은 식권을 내야 해."

진숙은 건규의 식권을 사 온 것이었다.

"어머님, 이건 제가 사야죠."

"아니야. 내가 사 주고 싶어서 그래. 이거 뭐 얼마 한다고 그래. 그리고 나 돈 많아. 우리 아들이 돈 많이 줬어."

건규는 요양원에서 전화로 안내해 줄 때마다 6개월 치 비용을 납부할 뿐, 어머니에게 돈을 보내 드린 적은 없었다. 요양원에서 숙식을 다 제공하니 돈이 필요할 것이라고는 전혀 생각하지 못했기 때문이다.

"요양원에서 돈 쓸 일이 많이 있으세요?"

"그냥 같이 있는 노인네들이랑 매점에서 뭐 사 먹을 때도 있고, 그리고 가끔 어린애들이 할머니, 할아버지 보러 오고 그럴 때 내가 용돈도 조금 주고 그래."

건규는 자신이 어머니의 생활에 대해 아는 게 하나도 없었다고 하는 생각이 들어 손에 든 식권을 쳐다보며 만지작거렸다.

"사람 많아지기 전에 빨리 가서 먹자고. 나 빨리 따라와."

식판에 밥과 국, 반찬 네 개를 똑같이 받아온 진숙과 건규는 식당 한쪽 편 탁자에 마주 앉았다. 진숙은 건규의 식판을 보더니 말했다.

"아이고, 밥이 이게 뭐야. 많이 좀 먹지. 어떻게 나 같은 노인네랑 밥 양이 비슷해."

건규는 혼자 살기 시작하면서 아침 식사는 하지 않았

고, 평일 점심, 저녁 식사는 회사 식당에서 해결했다. 혼자 사는 건규는 오늘 같은 주말에는 빵이나 라면 등 간단한 음식으로 끼니를 때웠다. 그리고 평일에는 사무실 의자, 주말에는 식탁 의자 또는 침대에서 대부분 시간을 보내기 때문에 조금씩만 먹어도 충분하다고 생각해 왔다. 원래 식욕이 별로 없는 건규에게 요양원의 음식은 더욱더 맛이 없게 느껴졌다. 건규가 주로 먹는 밀가루 음식도 아니었고, 라면이나 찌개처럼 자극적인 맛도 없는 심심한 식사였다.

"왜 이렇게 못 먹어? 맛이 없어서 그래?"

조금씩 아주 천천히 먹는 건규를 보고 진숙이 물었다.

"아니에요. 제가 아침을 늦게 먹어서 그래요. 아직 배가 안 고프네요."

"그래도 시간이 됐으니까 조금이라도 먹어 놔야지. 자, 반찬도 하나씩은 먹어봐."

건규가 어렸을 때도 항상 진숙은 이렇게 말했었다. 배가 고프지 않더라도 식사 시간이 되면 조금이라도 먹어야 한다고. 예전 어머니와의 기억이 나자 건규는 어머니 말씀대로 억지로라도 먹어야겠다고 생각했다. 그래서 건규는 오늘 한 번도 쓰지 않았던 숟가락을 들고, 밥을 한 숟갈 먹었다. 진숙은 살짝 웃으며 '그래, 그래'라고 말하는 듯한 표정을 지었다. 그렇게 식사를 이어 가던 중 진숙이 말했다.

"이 가지도 좀 먹어봐. 이건 손도 안 댔네. 맛있는데."

"제가 다른 건 대부분 잘 먹는데, 가지는 좀 못 먹어서요."

"어이구, 애도 아니고, 물컹물컹해서 그러지? 우리 아들도 어렸을 때 그랬어. 바삭바삭하거나 아삭아삭한 것만 좋아하고, 가지는 못 먹었어."

진숙은 마치 어린아이를 보는 듯한 눈빛으로 건규를 쳐다봤다. 건규는 그런 어머니의 눈빛이 마냥 싫지만은 않아서 젓가락으로 가지무침을 하나 집어 입에 넣었다.

"맛있지? 생각보다 괜찮지? 몸에도 좋아."

"아니요. 생각보다 더 이상한데요."

건규는 인상을 찌푸리고 억지로 가지를 씹었다. 진숙은 그런 건규의 모습이 재미있었는지 소리 내 웃었다.

식사를 마친 건규와 진숙은 식당 건물에서 나와 벤치에 앉았다.

"난 밥 먹고 나서 여기 잠깐 앉았다가 가. 곧바로 걸어 다니면 속이 안 좋더라고."

건규는 어머니 옆에 앉아 같이 하늘을 바라보았다.

"날씨 참 좋네요."

"그러게. 덥지도 않고, 춥지도 않고. 날씨가 참 좋네."

파란 봄 하늘을 바라보던 건규는 갑자기 진숙에게 물었다.

"어머님, 오늘은 밖에 나가서 산책하실래요? 여기 옆에 꽃도 많이 피어 있고, 물도 흐르고 산책하기 좋을 텐데요."

건규의 말에 진숙은 눈을 크게 뜨며 대답했다.

"그럴까? 난 여기 안에서만 있으니까 밖에는 어떤지 잘 몰라."

그러나 이내 진숙은 표정이 바뀌며 고개를 가로저었다.

"그런데 안 돼. 보호자나 가족이 와야 밖에 나갈 수 있거든. 혼자는 안 내보내 줘."

"제가 가서 말해 볼게요. 잠깐만 기다려 보세요."

건규는 자리에서 일어나 원무과가 있는 건물로 걸어갔다. 진숙은 약간은 기대하는 듯한 눈빛으로 건규가 들어간 건물을 바라보았다.

잠시 후 건규는 조그마한 쪽지를 손에 들고 진숙에게 왔다.

"어머님. 나가시죠. 제가 허락받아 왔어요."

"그래? 복지사 양반이랑 나가는 건 되는 거였구먼."

진숙은 환하게 웃으며 빨리 나가자며 요양원 입구를 향해 걸어갔다. 건규는 입구를 지키는 직원에게 원무과에서 받아온 쪽지를 건넸고, 그 직원은 쪽지를 잠깐 살펴보더니 '네, 다녀오십시오.'라며 건규와 진숙을 요양원 밖으로 안내해 주었다.

진숙은 요양원에서 나오자마자 두리번거리며 주위를 둘러보았다. 마치 첫 소풍을 나온 초등학생처럼 눈이 반짝거리고, 입을 벌리고 환하게 웃고 있는 어머니의 모습은 건규에게 매우 낯설었다.

진숙의 고향이 아닌, 건규의 직장 근처로 요양원을 결정한 것은 진숙이 아닌 철저히 건규 본인의 편의만을 고려한 것이었다. 진숙이 요양원에 들어온 날에도 건규는 고향 집에서 진숙을 차에 태워 곧바로 이 낯선 동네의 요양원에 내려 주었을 뿐이었다. 그 이후로 몇 번 방문한 적은 있지만 이렇게 요양원 밖으로 산책을 나온 적이 없었으니 어찌 보면 진숙은 요양원에 갇혀 있던 것이나 다름 없었다.

건규는 자신이 얼마나 무심했는지를 반성하면서 한참 동안 아무 말을 하지 못했다. 하지만 진숙은 그런 건규의 표정을 눈치챌 틈도 없이 하늘, 식물, 시냇물 등 모든 것을 보기 바빴고, 꽃과 풀 하나하나마다 이름을 말하며 걸어갔다. 마치 다시는 요양원 밖으로 못 나올 것처럼 자연의 모습을 눈에 담기 바빴다. 건규는 죄송한 마음과 흐뭇한 마음 등 복잡 미묘한 감정을 느끼며 진숙의 말에 맞장구를 치면서 산책길을 걸었다.

그렇게 두 시간쯤 지났을 때 건규는 진숙에게 말했다.

"이제 슬슬 들어가실까요? 외출 허락 받은 시간이 있어서요."

진숙은 돌아가야 한다는 말에 깜짝 놀라며 얼굴에 실망감이 드러났다. 하지만 진숙은 표정과는 달리 전혀 아쉽지 않은 듯한 목소리로 대답했다.

"그래? 잘됐네. 힘들기만 하고 별로 재미없었는데. 빨리 가자고."

건규와 진숙은 곧 요양원에 도착했고, 건규는 입구의

직원에게 다가가 외출에서 돌아온 것을 알렸다. 건규와 진숙은 병실 앞에 도착했고, 진숙은 병실 문을 열고 먼저 들어갔다. 그런데 병실 안 비어 있던 오른쪽 침대에 낯선 노인이 베개에 상체를 기대어 앉아 있었다. 그녀는 진숙을 보자 이렇게 말했다.

"언니, 어디 갔었어?"

그녀는 뒤따라 들어온 건규를 보더니 깜짝 놀라며 다시 진숙을 보고 말했다.

"언니 손님 왔었어?"

그녀는 고개를 돌려 다시 건규를 보고 물었다.

"누구세요? 아, 아드님이구나. 그러고 보니까 닮았네."

그 말을 들은 진숙은 눈을 동그랗게 뜨고 말했다.

"야, 무슨 소리야. 사회 복지사 양반한테. 닮긴 뭘 닮아!"

진숙은 뒤따라 들어온 건규에게 다가가 조용히 말했다.

"아이고, 미안해요. 저 할머니가 이상한 소리를 하네. 저 할머니가 노망나서 그래."

맞은편에 앉아 있던 노인은 베개에 기댔던 상체를 앞으로 가져오며 말했다.

"뭐, 노망? 언니, 나만 노망들었어? 언니도 들었잖아. 그러니까 우리 여기 있는 거잖아."

이렇게 말하며 그녀는 큰 웃음소리를 내며 웃었고, 그 말을 들은 진숙도 같이 웃었다.

"복지사 아저씨, 미안해요. 저 언니한테 누가 찾아온 적이 없는데 아들뻘 되는 분이랑 같이 들어오니까 아들인 줄 알았지. 저 언니가 아들 자랑을 좀 했어야지 말이야. 아무튼 미안해요."

"아닙니다. 괜찮습니다."

"그런데 진짜 좀 닮은 것 같기도 하고 말이야."

그녀는 그렇게 말하고 진숙의 눈치를 슬쩍 살폈다. 진숙이 그만하라는 눈빛으로 쳐다보자 그녀는 '알았어' 하는 표정으로 눈을 찡그렸다.

얼마 후 건규는 벽에 걸린 시계를 보았다. 이미 네 시 삼십 분이 넘어 있었다. 면회 시간이 다섯 시까지인 것을 알고 있는 건규는 점점 이별의 시간이 다가온다는 것이 너무나 안타까웠다. 진숙도 시계를 보더니 건규에게 말했다.

"다섯 시가 다 돼 가는데 이제 가 봐야겠네?"

"네, 가 봐야죠."

"그래, 인제 그만 가 봐. 좀 있으면 어두워지겠네."

"네. 그럼 전 이만 들어갈게요, 어머님."

건규는 고개를 숙여 인사를 하고, 천천히 뒤로 돌아섰다. 그때 뒤에서 진숙이 조심스럽게 물었다.

"그런데 복지사 양반, 다음에도 또 올 건가?"

건규는 어떻게 대답해야 하나 잠시 망설였다. 만약 건규가 오늘 죽는다면 다시는 올 수 없는 것인데 거짓말을 할 수는 없겠다고 생각했다. 건규는 몸을 반쯤 돌리고 고개를 더 돌려 진숙을 보며 말했다.

"전 그러고 싶은데요, 다시는 못 올 수도 있을 것 같아요."

진숙은 아쉬운 표정을 잠깐 지었지만 이내 밝은 목소리로 대답했다.

"그래? 난 괜찮아. 여기서 쉬는 게 낫지. 오늘 복지사 양반 때문에 엄청나게 걸어 다니고 떠드느라 너무 힘들었어. 난 피곤해서 이제 좀 자야겠다. 그럼 잘 가."

진숙은 손을 흔든 뒤 등을 돌려 창문 쪽을 바라보며 침대에 옆으로 누웠다. 건규는 어머니의 뒷모습을 바라보며 상체를 숙이고 인사를 했다.

"안녕히 계세요…, 어머니."

진숙은 뒤돌아 누운 채로 대답했다.

"응, 잘 가요."

건규는 병실에서 나와 병실 문을 닫은 뒤 그 자리에 서서 고개를 숙였다. 문을 다시 살짝 열고 어머니의 뒷모습이라도 조금 더 보고 싶었지만 애써 참았다. 그렇게 한참 동안 병실 앞에 서 있던 건규는 병실 복도에서 인기척이 들리자 고개를 들고 뒤돌아섰다. 이미 건규의 눈에는 많은 눈물이 흐르고 있었다.

집에 돌아온 건규는 식탁 의자에 앉은 채로 멍하니 허공을 응시했다. 그동안 무엇을 위해서 살았는지, 무엇을 위해 그렇게 일만 하면서 지냈는지, 무엇을 위해 어머니를 요양원에 가둬 놓고 산책 한번 같이하지 못했는지…. 그리고 건규의 마음을 가장 아프게 하는 것은 왜 인생의 마지막 날이 되어서야 이런 생각을 하게 되었는지였다. 건규의 머릿속에는 차라리 가족 생각을 하지 말고 일이나 했으면 이렇게 가슴이 찢어질 만큼의 아픔은 느끼지 않아도 됐겠다는 생각까지 들었다.

그렇게 자리에 앉은 채로 한참을 가만히 있던 건규는 식탁에 올려놓았던 핸드폰을 집어 들었다. 핸드폰의 시계를 확인한 건규는 카카오톡을 열어 혜인의 이름을 찾았다. 건규는 잠깐 멈칫했다가 곧 통화하기 버튼을 눌렀다. 통화 연결 음악이 한참이 흘러나온 뒤에야 혜인의 목소리가 들렸다.

"여보세요?"

"응, 나야."

"오빠?"

"응."

건규의 기억 속에는 건규가 먼저 혜인에게 연락했던 기억이 없었다. 그만큼 오래됐거나 아예 없었다. 그런 건규의 전화에 혜인도 많이 당황한 듯 말을 하지 못했다. 그러다 혜인은 갑자기 다급한 목소리로 물었다.

"오빠, 엄마한테 무슨 일 생겼어?"

"아니야. 무슨 일은."

"그러면 오빠 무슨 일 있어?"

"아니야. 아무 일도 없어."

혜인은 그제야 안심이 된 듯 차분한 목소리로 말했다.

"아, 그럼 다행이고."

하나밖에 없는 오빠에게 전화 온 것에 이렇게 놀랄 정

도로 자신이 어머니뿐만 아니라 동생에게도 전혀 관심을 가지지 못했던 것에 대해 또다시 마음이 아파 왔다. 건규는 숨을 한번 들이마신 뒤 혜인에게 말했다.

"거긴 지금 아침이지?"

"응, 아침 여덟 시야. 거긴 밤이지? 저녁은 먹었어?"

"아니. 별로 밥 생각이 없어서."

"그래도 식사 때가 되면 조금이라도 먹어야지. 뭐, 오빠가 알아서 잘하겠지만."

혜인은 건규에게 잔소리를 하려다가 이내 말끝을 흐렸다. 건규는 동생의 잔소리가 오늘만큼은 기분 나쁘게 들리지 않았고, 이내 살짝 웃으며 말했다.

"너 꼭 어머니처럼 말한다?"

"그랬어? 하긴 엄마가 꼭 그렇게 얘기했었지. 끼니 거르면 안 된다고."

혜인도 옛날 생각이 나서 살짝 기분이 좋아진 목소리로 대답했다. 잠시 대화가 끊겨서 어색해지려는 때에 건규가 조심스럽게 말했다.

"그런데 말이야, 너 혹시 한국 들어올 계획 없어?"

"한국에? 가긴 가야 하는데 시간이 잘 안 맞네. 남편 회사 일정이랑 아이 방학도 맞아야 하고. 근데 왜?"

"어머니 말이야. 아무래도 네가 어머니 근처에 있는 게 좋을 것 같아서 말이야."

"나도 그러고는 싶은데…. 왜? 엄마 계신 요양원이 별로야?"

"아니, 그런 건 아니고. 아무래도 거기 안에만 있으시니까 갑갑하실 것 같기도 하고. 내가 옆에서 잘 모시면 제일 좋은데, 내가 이제 그렇게 못할 수도 있을 것 같아서…."

"아…, 그래. 오빠 회사 일도 해야 하고 바쁘지."

건규가 '회사 일 때문이 아니라'라고 말하고 싶었지만 그럴 수가 없어 그 말은 참았다.

"아무튼 나중에 여건 되면 어머니 뵈러 한국에 한 번 와. 되도록 빨리 오면 더 좋고."

"응, 알았어, 오빠. 내가 빨리 시간 내 볼게."

"그래, 고맙다. 오빠가 돼서 이런 부탁이나 하고. 미안하다."

"어…, 아니야, 오빠."

항상 사무적으로 자신을 대했던 건규의 달라진 말투와 목소리, 그리고 차갑지 않은 대화 내용에 혜인은 살짝 당황한 듯 떨리는 목소리로 대답했다.

"그러면 이만 끊을게. 잘 지내고."

"응, 오빠. 오빠도 잘 지내. 또 연락할게."

또 연락한다는 혜인의 말에 건규는 끝내 대답하지 못한 채 종료 버튼을 눌렀다. 통화가 종료된 후에야 건규는 하고 싶었던 말을 했다.

"어머니 잘 부탁한다, 혜인아."

자리에서 일어난 건규는 침대가 아닌 소파로 향했다. 깜깜한 방이 약간의 빛이 들어오는 거실 소파에 눕고 싶어서였다. 거실 창문으로 가로등 불빛에 환하게 들어오고 있었고, 건규는 소파에 누워 천장을 바라보며 어머니와 혜인의 얼굴을 떠올려 봤다. 하지만 아무리 노력해도 둘의 얼굴이 잘 떠오르지 않았다. 생각나는 것은 건규가 어렸을 때 양갈래로 머리를 묶고 '오빠'라고 부르며 자신을 졸졸 쫓아다니던 어린 혜인의 얼굴이었다. 그리고 오늘 낮에 만난 어머니의 얼굴도 잘 떠오르지 않았었는데, 어머니를 만났을 때 눈을 잘 마주치지 못했던 탓인 듯했다. 건규에게 떠오른 어머니의 모습은 오늘 건규가 마지막으로 봤던 침대에 누워 계신 어머니의 뒷모습뿐이었다.

'이럴 줄 알았으면 어머니 얼굴 좀 잘 봐 둘 걸 그랬네.'

이렇게 후회하며 건규는 눈을 감고 말했다.

"혜인아, 미안하다. 어머니…, 죄송합니다."

10시 20분.

건규는 마지막 말을 남기고 떠났다.

박윤식

1946

윤식은 천천히 눈을 떴다. 가만히 누운 채로 간밤에 꾼 꿈을 기억해 보았다. 깜깜한 방, 검은 옷을 입은 남자의 모습과 그가 했던 말들. 모든 것이 또렷이 기억났다.

'이제 나도 갈 때가 됐구나.'

윤식은 고개를 돌려 시계를 봤다. 7시 10분. 평소보다 늦은 시간까지 잤다는 것을 알게 된 윤식은 몸을 일으켰다. 시계의 옆에는 조그마한 가족사진이 놓여 있었다. 윤식은 사진 속 아내에게 말했다.

"여보, 우리 곧 다시 만나겠네. 이제 나도 갈 수 있을 것 같아."

윤식의 아내 경주는 10여 년 전 폐암 판정을 받고 병원에 입원했었다. 윤식과 경주 모두 큰 잔병치레 없이 살아온 터라 특별히 건강 검진도 받지 않았었다. 경주가 기침을 자주 하고, 목이 아프다고 했을 때도 감기겠지 하며 대수롭지 않게 여기었다. 그러나 경주의 통증은 점점 심해졌고, 감기가 너무 오래간다 싶어 윤식은 경주를 데리고 병원을 찾았다. 의사로부터 폐암이라는 진단을 들었을 때도 둘은 믿지 않았다. 경주는 물론이고, 윤석 또한 흡연해 본 적이 없었는데 폐암이라니 믿을 수가 없었다. 경주는 집으로 돌아와 윤식에게 말했다.

"의사가 잘못 본 것 같아요. 내가 무슨 암이야. 그냥 기침 좀 나는 것 가지고. 폐암? 말도 안 되는 소리에요. 나 목감기 약 좀 먹고 그러면 나을 테니까 걱정하지 말아요."

경주는 윤식을 안심시키기 위해 이렇게 말은 했지만, 윤식은 마음이 놓이지 않았다. 그래서 며칠 후 윤식은 경주 몰래 병원을 다시 찾았고, 의사로부터 경주의 현재 상태와 폐암 증상, 치료법 등에 상세히 들었다.

경주의 폐암은 꽤 진행이 많이 된 상태였다. 이미 다른 장기로 전이가 시작된 이후였고, 수술 자체가 불가능한 상태였다.

"그러면 이제 어떻게 하나요?"

"우선은 하루빨리 입원하셔서 정밀 검사를 받아 보셔야 할 것 같습니다. 검사를 더 해 봐야 알겠지만 지금 상태로는 증상을 완화하는 방향으로 진행해야 할 것 같습니다."

"치료는 안 되는 건가요?"

"네. 말씀드린 것처럼 진행이 많이 된 상태라서 선불리 수술을 할 수 있는 상태가 아닙니다. 항암 치료를 하면서 통증을 줄이면서, 음…, 기간을 연장하는 방법밖에 없어 보입니다."

의사는 직접적으로 표현하지 않았지만, 윤식은 알 수 있었다. 경주의 암은 치료할 수 있는 시기를 이미 넘겼고, 병원에서 할 수 있는 일은 좀 덜 아프게, 조금 더 살 수 있도록 하는 일뿐이라는 것을 말이다. 윤식은 의사에게 인사를 하고 나와 병원 대기실 의자에 앉았다. 온몸에 힘이 빠져서 더 걸을 힘이 없었기 때문이었다. 윤식은 의자에 앉아 고개를 숙이고, 두 손으로 무릎을 감싼 채로 눈물을 흘렀다. 왜 병원에 조금 더 일찍 오지 못했을까. 왜 주기적으로 검사를 받지 않았을까. 왜 60이 넘은 나이에도 건강을 자신했을까. 자신이 조금만 더 신경을 썼더라면 경주의 상태가 이 지경이 되지는 않았을 거란 후회와 아쉬움에 눈물이 그치지 않았다.

집으로 돌아온 윤식은 경주와 마주 앉아 한참 동안 경주를 설득했다. 경주는 싫다고 했지만, 끝내 윤식의 고집을 꺾지 못하고 병원에 입원하기로 했다.

입원 후 경주는 힘겨운 치료 과정을 견뎌야 했다. 점점 몸이 말라 가고, 점점 늙어 가는 경주를 보는 윤식의 마음도 찢어질 듯 아팠다. 의사의 말대로 경주의 상태는 나아지지 않았으며 더 나빠지는 것을 조금 늦추는 것뿐이었다. 그렇게 힘든 시간을 보내던 경주와 윤식은 몇 달 후 퇴원을 결정했다.

집으로 돌아온 경주의 얼굴은 병원에 있을 때보다 한결 밝았다. 여전히 폐암 증상으로 괴로워했지만, 병원이 아닌 내 집, 그리고 병실 침대가 아닌, 경주와 윤식의 방 침대가 경주의 마음을 훨씬 편하게 해 주었다. 그렇게 둘은 얼마 남지 않은 시간을 행복하게 보내기 위해 노력했다.

그러나 그런 노력에도 불구하고 그 둘에게 허락된 시간은 그리 길지 않았다. 마치 자신이 언제 떠날지를 미리 알았던 것처럼 경주는 죽기 몇 달 전부터 떠날 준비를 하고 있었다.

"여보, 이거 잘 봐요. 미역국을 할 때는 미역을 이만큼만 물에 넣고 불려야 해요. 더 넣으면 너무 많으니까. 그리고 고기는 미리 기름에 조금 볶은 다음에 넣어야 하고요."

요리할 때 자신이 주방에 들어오는 것을 좋아하지 않았던 경주가 자신에게 요리하는 방법에 대해 이것저것 알려 주자 윤식은 의아했다.

"그런데 이걸 왜 나한테 알려 줘? 난 요리 못하잖아."

"못하는 게 어디 있어요. 해 보면 되지. 그리고 당신 미역국 좋아하잖아요. 당신이 좋아하는 음식 몇 가지는 직접 할 수 있어야죠. 내가 없더라도…."

경주에게 그리 많이 남지 않았다는 것은 경주도, 윤식도 잘 알고 있었다. 하지만 윤식은 애써 그것을 부정하려 했던 반면, 경주는 오히려 담담히 그 사실을 받아들이고, 준비했었다.

"에이, 몰라. 나 안 배울 거야. 당신이 안 해 주면 평생

안 먹을 거야."

윤식은 경주가 이런 말을 할 때마다 눈물을 보이지 않으려 오히려 더 큰소리를 내며 항상 자리를 피했었다. 하지만 경주는 포기하지 않고 윤식에게 음식, 빨래, 청소 등 집안 살림에 대해 이것저것 가르쳐 줬고, 윤식이 계속 피해 다니자 나중에는 노트에 큰 글씨로 적어서 윤식의 손에 쥐여 주기까지 했다.

그렇게 경주가 떠날 준비를 한 지 몇 개월 후, 퇴원 후 집에 온 지 일 년 반이 채 되지 않았을 때쯤 경주는 윤식의 곁을 떠났다.

침대에 걸터앉아 경주의 사진을 보던 윤식은 어제 봤던 그 방과 검은 옷 남자를 떠올리며 사진 속 경주에게 말했다.

"여보, 당신도 그 방에서 그 검은 옷 입은 무서운 남자 만났던 거야? 엄청 무서웠겠네. 나한테 말도 못 하고."

윤식은 당시 경주도 그곳을 다녀오고 죽는 날을 알고 있었을 수도 있겠다는 생각이 들었다.

"그래서 나한테 요리도 알려 주고 했던 거구나. 떠날 준비 하느라고."

떠날 날을 미리 알고, 자신이 없이 윤식이 혼자 잘 지낼 수 있도록 도와주기 위해 오랫동안 준비를 해 왔을 경주를 생각하니 윤식은 미안함과 고마움에 또다시 눈물이 나려 했다.

그때 침실 밖에서부터 조그만 발소리가 들려왔다. 발소리가 점점 커지고, 점점 빨라지더니 침대 모퉁이를 돌아 강아지가 윤식에게 걸어왔다. 윤식과 살고 있는 강아지 미니였다. 거실에서 자고 있던 미니는 윤식의 목소리를 듣고 일어나 침실로 온 것이었다. 미니는 윤식의 발을 몇 번 핥아 주더니 곧 엉덩이를 붙이고 윤식의 발 옆에 누웠다.

"내가 너무 늦게까지 나오지 않아서 찾으러 왔구나. 미니야, 미안하다. 밥 줄게."

'밥'이란 단어에 미니는 고개를 들어 윤식을 쳐다봤다. 윤식은 자리에서 일어나 거실에 있는 미니의 밥그릇을 집었다. 그리고 주방 한구석에서 저울에 밥그릇을 올려놓고, 사료를 담았다. 정확히 무게를 맞춘 후 윤식은 밥그릇을 들고 다시 거실로 향했다. 미니는 윤식의 뒤를 계속 쫓아다니며 시선은 밥그릇에서 떨어뜨리지 않았다. 윤식이 밥그릇을 내려놓자 미니는 열심히, 그리고 빠르게 사료를 먹기 시작했다.

"너는 나이가 들어도 먹는 것만큼은 예전이랑 똑같구나."

윤식은 한 발짝 떨어져서 미니가 먹는 모습을 바라보며 미니가 처음 집에 온 날을 떠올렸다.

경주가 병원에서 나와 집으로 돌아온 지 두 달쯤 지난 후였다. 경주는 윤식을 집에 혼자 놔둔 채 잠깐 나갔다 온다며 집을 나섰다. 그렇게 몇 시간 후 현관문 열리는 소리에 건규는 소파에서 일어나 현관으로 걸어갔다. 그런데 현관문을 열고 들어온 경주는 혼자가 아니었다. 경주의 품에는 하얗고 조그만 강아지 한 마리가 안겨 있었다.

"여보, 이게 뭐야?"

경주는 조용한 목소리로 윤식을 타이르듯 대답했다.

"이거라니요. 강아지가 물건이에요?"

머쓱해진 윤식은 같이 조용한 목소리로 말했다.

"어, 알겠어. 이 강아지는 뭐야?"

경주는 신발을 벗고 천천히 거실로 걸어갔다. 한 손으

로는 강아지를 안고, 한 손으로는 소파에 있는 방석 하나를 집어 바닥에 내려놓았다. 그리고 강아지를 아주 살짝 그 방석 위에 올려놓았다. 하얀색 강아지는 방석 위에서 몸을 웅크린 채로 잠자고 있었다.

"얼마 전에 미용실 원장님한테 들었는데, 아는 사람이 키우는 강아지가 새끼를 다섯 마리 낳았는데, 분양해 준다잖아요. 그래서 내가 고민하다가 어제 연락해서 오늘 데리고 왔어요."

"여보, 우리 개 키워 본 경험도 없잖아. 보통 일이 아닐 텐데."

"걱정하지 말아요, 내가 잘 키울 테니까. 그리고 우리 같은 노인네들만 사는 집에 이런 아기 하나 있으면 얼마나 분위기가 좋아지겠어요."

"아기는 무슨, 얘가 사람이야? 짐승이지. 난 몰라. 당신이 알아서 키워."

평소 동물을 별로 좋아하지 않았던 윤식은 자신과 상의도 없이 강아지를 데려온 경주가 못마땅했지만 아픈 아내에게 화를 낼 수도 없었기에 퉁명스럽게 말하고 자리에서 일어나 버렸다.

경주는 그날부터 강아지 밥그릇, 물그릇, 배변 패드, 목줄 등 강아지 용품을 사기 시작했고, 거실 한구석부터 시작했던 강아지의 공간은 점점 커져 곧 거실 전체를 차지하게 되었다. 강아지가 사람 사는 공간에 들어와 있는 것 자체가 불편했던 윤식은 강아지를 항상 멀리했었는데, 강아지는 그런 윤식의 마음을 모르는 건지, 아니면 알아서 더 친해지려고 한 것인지는 모르지만, 항상 윤식의 다리 옆에 앉아 몸을 붙이고 누워 있기를 좋아했다. 자신을 잘 따르는 강아지의 모습에 윤식의 마음도 점점 열리기 시작했다. '미니'라는 이름은 강아지를 데려온 다음 날 경주가 지었다. 아주 작고 귀여우니까 '미니'라고 이름을 정하자는 의견이었다.

"지금은 강아지니까 작지. 나중에 엄청나게 커지면 어떻게 하려고 그래?"

"아니에요. 얘 엄마랑 아빠도 작은 푸들이에요. 우리 딸 봐요. 나랑 당신 닮아서 키가 작잖아요."

경주의 말대로 미니는 10년이 훨씬 넘은 지금까지도 3kg이 되지 않는 작은 '미니' 강아지였다. 미니는 밥을 다 먹은 후에도 밥그릇을 한참 동안 쳐다보고 있었다. 마치

'내 밥이 다 어디 갔지' 하는 듯한 모습이었다.

"네가 다 먹은 거야."

윤식은 12년째 보는 저런 미니의 모습이 항상 웃기기만 했다. 아쉬운 듯 윤식을 쳐다보는 모습이 귀여워 윤식은 바닥에 앉아 미니를 쓰다듬어 줬다.

미니를 쓰다듬던 윤식은 갑자기 한숨이 나왔다. 자신이 만약 오늘 죽는다면 이 강아지는 어떻게 해야 하나 하는 걱정이 들었기 때문이었다. 윤식은 경주가 죽기 며칠 전 자신에게 했던 말이 떠올랐다.

"여보, 내가 없어도 우리 미니 잘 키워 줘요. 강아지는 10년 정도 사니까 당신은 절대 미니보다 먼저 가지 말고, 미니 잘 보살펴 줘요."

그 말을 들었을 때 윤식도 당연히 강아지보다는 오래 살 것으로 생각했고, 강아지를 두고 먼저 죽는다는 것에 대해 상상조차 해 본 적이 없었다. 그런데 만약 오늘 미니를 두고 먼저 죽는다면 어떻게 해야 할지 생각해 보니 갑자기 걱정이 몰려왔고, 마음이 급해졌다.

윤식은 내일 자신이 일어나지 못했을 때 일어날 일을 예상해 봤다. 만약 윤식이 내일 아침이 되어도 일어나지 않는다면 미니는 침대 옆으로 와 윤식을 깨우려고 할 것이다. 하지만 미니가 윤식을 아무리 핥아도 움직이지 않는다면 미니는 어떻게 할까? 윤식을 깨우기 위해 짖을까? 계속 크게 짖어서 이웃집 사람이 시끄럽다고 찾아오고, 경찰을 부른다면 자신이 죽은 것을 발견할 수 있을 것이다. 그렇다면 경찰은 미니를 적당한 보호 시설에 보내 줄 수도 있을 것이다. 하지만 만약 미니가 짖지 않고 그냥 옆에서 계속 기다린다면? 이 집에 한동안 아무도 오지 않는다면? 생각만 해도 끔찍했다. 윤식은 다른 방법을 찾아야 했다.

우선 급한 것은 자신이 죽은 것을 다른 사람들이 최대한 빨리 알아차릴 수 있도록 해야 한다는 것이었다. 윤식인 자기 집에 찾아올 사람이 있나 생각해 보았다. 몇 개월에 한 번씩 가스 점검을 위해 방문하는 사람이 떠올랐지만, 집안에 사람이 없을 때는 안내 쪽지만 붙여 놓고 떠나기 때문에 소용이 없다. 택배 기사도 벨은 누르지만, 사람이 없다면 문 앞에 택배를 놓고 문자 한 통만 보내고 가기 때문에 역시 집 안의 상황을 알아차릴 수가 없다. 그렇다고 경찰에게 이 상황을 알릴 수도 없는 일이다.

그렇게 윤식이 고민에 빠져 있을 때 미니가 다가와 윤식의 얼굴을 가만히 쳐다봤다. 윤식은 생각하다 말고 '왜?'라고 물어보는 듯한 눈빛으로 미니를 쳐다봤다. 미니는 고개를 갸웃거리며 윤식을 계속 쳐다봤다. 윤식은 시계를 보고서야 미니 행동을 이해할 수 있었다. 윤식은 미니에게 아침 식사를 챙겨 주고 나서 자신도 식사한다. 그렇게 윤식이 식사를 마치면 미니에게 목줄을 채워서 산책하러 나간다. 미니가 윤식이 식사를 하지 않은 것을 이상하다고 여긴 것인지, 아니면 왜 산책을 시켜 주지 않느냐고 한 것인지 정확히 알 수는 없었지만, 미니 산책부터 먼저 시켜 주기로 했다.

자리에서 일어난 윤식은 10년 동안 그래 왔던 것처럼 목줄을 하고, 휴지와 비닐봉지를 챙겨 미니와 함께 집을 나섰다. 미니와의 아침 산책길은 항상 똑같았다. 미니가 걸어가는 길, 쉬 하는 곳, 한참 동안 냄새를 맡는 나무 등 하루하루가 똑같았다. 다만 시간이 지나면서 달라지는 것은 산책 시간이었다. 처음에는 산책길을 한 바퀴 돌고 집에 오는 시간은 채 20분이 되지 않았다. 하지만 미니도 점점 나이가 들면서 예전처럼 빨리 뛰어다니지는 않기 때문에 이제는 보통 40분이 넘게 걸린다. 거기에 요즘은 중간에 힘들면 더 이상 걷지 않고 멈춰 서서 윤식을 쳐다본다. 마치 자신은 힘드니 안아 달라고 하는 것처럼. 그럴 때는 미니를 안고 집까지 걸어와야 한다. 제법 따뜻해진 봄 날씨에 윤식도 살짝 땀이 날 듯했고, 역시 미니도 더워진 것을 느꼈는지 전체 산책길 반 정도를 지났을 때 걷기를 멈춰 버렸다. 윤식은 몇 번 목줄을 당겨 미니에게 좀 더 걷자는 표현을 했지만, 미니는 단호했다. 어쩔 수 없이 윤식은 미니를 안고 남은 산책길을 걸었다.

윤식은 매일 지나다니는 산책길을 걷다가 주민 센터 앞에서 걸음을 멈췄다. 혹시 주민 센터에서 자신과 같은 독거노인을 관리해 주는 제도가 있나 해서였다. 윤식은 이전에 TV 뉴스에서 그런 서비스에 들은 적이 있었지만 별로 관심을 두지 않았었다. 하지만 그런 서비스가 있다면 적어도 자신의 생존을 주기적으로 확인해 주지 않을까 하는 생각이 들었고, 그것은 바로 오늘 윤식에게 가장 중요한 일이었다. 윤식이 강아지를 안고 들어가도 되는지 잠깐 걱정하고 있을 때, 마침 주민 센터 안에서 직원 한 명이 나왔다. 그 직원은 윤식과 눈이 마주치자 인사를 했고,

윤식은 그에게 말을 걸었다.

"안녕하세요. 여기 주민 센터에서 근무하시나요?"

"네, 맞습니다."

"저기, 제가 좀 궁금한 게 있는데요. 뭐 좀 물어봐도 될까요?"

"그럼요. 같이 들어가셔서 안내해 드릴까요?"

"아니에요. 제가 강아지도 있고 해서. 잠깐만 물어보면 될 것 같은데…."

"아, 네. 어떤 것 때문에 그러시죠?"

윤식은 정확한 명칭을 몰라 어떻게 설명해야 할지 잠깐 고민했다.

"음, 제가 혼자 사는데요. TV에서 보니까 독거노인들 지원해 주고 그런 제도가 있다고 들은 것 같아서요."

"아. 돌봄서비스 말씀하시는 거구나. 네, 신청 조건만 맞으시면 오늘 바로 신청하실 수 있으세요."

"조건이요? 제가 지금 70도 넘었고, 혼자 살고 있는데 조건이 될까요?"

"네, 혹시 기초 생활 수급자이시거나 기초 연금 수급자 대상이신가요?"

윤식은 그 말을 듣고, 한숨이 나왔다. 지금 윤식은 조그만 3층 빌라에 살고 있는데, 그 빌라의 주인은 윤식이었다. 윤식은 자신이 이 서비스 신청 조건에서 벗어난다는 것을 알 수 있었다.

"아니요. 전 조건이 안 되겠네요."

"그래도 특별한 사유가 인정되면 신청이 될 수도 있으니까 언제 한번 오셔서 상담 한번 받아보세요."

"네, 알겠어요. 고맙습니다."

윤식은 직원에게 인사를 하고 다시 집으로 걸어갔다. 신청 조건도 안 되지만, 조건이 된다고 해도 처리되는 것만 며칠이 걸릴 테니 어차피 자신의 상황에는 맞지 않겠다고 생각했다.

윤식은 집에 도착해서 미니의 발을 씻겨 주고, 거실에 눕혔다. 젖은 발을 말려 주고, 빗질해 주기 위해서였다. 예전처럼 확실히 힘은 줄었지만, 미니는 발버둥을 치며 빗질을 피하려 했다. 한결같은 미니의 모습에 윤식은 미소를 지으며 꼼꼼히 미니의 털을 빗겨 주었다.

미니는 오전 일과가 끝나자 몸을 한번 털더니 소파 밑에 자리를 잡고 누웠다. 낮잠을 준비하는 자세다. 윤식은 미니를 한 번 본 뒤 소파에 앉았다. 윤식은 핸드폰을 꺼내 연락처 목록을 검색하기 시작했다. 미니를 맡아 줄 사람을 찾기 위해서였다. 그리 인맥이 많지 않은 윤식의 핸드폰에는 연락처가 그리 많지 않았다. 꼭 미니가 아니더라도 부탁이라는 것을 할 만한 사람은 더욱더 찾기 어려웠다. 그때 윤식의 눈에 띈 이름이 하나 있었다. '현서'. 윤식과 경주의 딸이었다.

윤식과 경주의 사이에는 외동딸 현서가 있다. 윤식은 서른 살이 되던 해에 경주와 결혼을 했고, 이듬해에 딸 현서를 낳았다. 그 당시로서는 늦은 나이에 결혼했고, 늦은 나이에 아이를 낳았고, 자녀가 많은 다른 가정과는 달리 한 명의 딸만 있었기 때문에, 현서는 윤식과 경주에게 너무나도 귀한 딸이었다. 윤식은 부족함 없이 현서를 키우기 위해 열심히 일했고, 경주도 남편과 딸의 뒷바라지를 하느라 누구보다 가정에 충실했다. 그런 부모의 마음에 보답하듯 현서도 단 한 번도 윤식과 경주를 실망하게 하지 않으며 학교생활을 했고, 졸업 후 취직과 결혼까지, 윤식의 가족 세 명 모두 만족스러운 삶을 살고 있었다. 현서가 결혼한 후에도 윤식 가족의 관계는 어떤 다른 가족보다 좋았고, 연락도 자주 하며 행복한 생활을 하고 있었다.

그런 관계에 조금씩 문제가 생긴 것은 아마 경주가 폐암 판정을 받고 난 이후였던 것으로 윤식은 기억한다. 경주가 폐암 판정을 받은 뒤 입원을 반대하며 집에 있을 때 일이었다. 윤식은 계속해서 경주에게 입원을 권유했고, 경주는 입원하는 조건으로 윤식에게 딱 한 가지 부탁을 했다.

"여보, 내가 당신 말대로 입원할 테니까 내 부탁 하나만 꼭 들어줘요."

"뭔데?"

"나 폐암 걸린 거랑 병원에 입원해 있는 거 절대 현서한테 얘기하지 말아요. 알겠죠?"

"현서한테 말하지 말라고? 그래도 하나뿐인 자식인데 얘기는 해야지."

"아니, 애한테 뭐 하러 얘기를 해요. 현서가 안다고 내 병이 낫는 것도 아니고, 괜히 애 걱정시킬 필요가 뭐가 있어요. 안 그래도 일하면서 살림도 하고, 애도 키우느라 정신없는 애한테."

"그래도 나중에 알면 서운해할 텐데."

"현서 알기 전에 빨리 나으면 되죠."

"전화도 자주 오고, 집에도 자주 놀러 오잖아. 그때마다 어떻게 피하려고 그래."

"당신 거짓말 잘 못하니까 그냥 나한테 맡겨요. 나한테 전화 오면 내가 알아서 다 할 테니까."

딸에게 걱정거리를 주지 않기 위해 경주는 입원 사실을 숨겨 달라고 윤식에게 부탁한 것이었다. 그 뒤로 현서의 전화가 올 때마다 경주는 아무 일 없는 듯 대화를 했다. 그리고 현서가 윤식과 경주의 집에 놀러 온다고 할 때는 경주는 윤식과 여행 가기로 해서 집에 없을 거라고 거짓말을 했다. 현서는 경주가 자신을 피한다는 느낌을 받았는지 엄마가 아닌 아빠 윤식에게 전화를 한 적이 있었다. 윤식은 핸드폰 화면에 딸의 이름이 뜬 것을 보고, 거짓말을 할 자신이 없어서 핸드폰을 곧바로 경주에게 건넸다.

경주가 퇴원하고 난 뒤에도 그 거짓말은 한동안 이어졌다. 항암 치료로 빠진 경주의 머리를 숨길 수가 없어서였다. 경주는 계속 '조금만 더 있다가'라며 윤식을 말렸고, 현서에 대한 윤식의 미안함은 점점 커졌다.

그렇게 한참의 시간이 지난 뒤 어느 날 경주는 현서에게 전화해 집에 한번 놀러 오라고 했다. 오랫동안 자신을 집에 오지 못하게 했던 어머니의 전화에 현서는 바로 그날 저녁 윤식과 경주의 집으로 달려왔다.

"엄마, 이게 얼마 만이야."

"그러게. 우리 딸 잘 있었어?"

"그럼. 그런데 엄마 왜 이렇게 말랐어. 피부도 어두워졌고."

"늙으면 다 그렇지 뭐."

현서는 믿지 않는 눈치였지만 더 이상 질문하지 못했다. 바로 강아지 미니의 짖는 소리 때문이었다. 미니는 집 밖에서는 아무에게나 가서 손을 핥아 주고 꼬리를 흔들기도 한다. 하지만 집에 경주나 윤식이 아닌 다른 사람이 오기만 하면 집 밖에서도 들릴 만큼 큰 소리로 짖는다. 자기 집에서도 강아지를 키우는 현서는 능숙하게 미니를 달랬고, 사료와 간식으로 미니의 관심을 끌더니 윤식과 경주와 친한 모습을 보여 주면서 점점 미니에게 다가갔다. 그러자 얼마 지나지 않아 미니는 짖는 것을 멈추고 현서 근처를 맴돌며 새로 온 사람의 냄새를 맡기 시작했다.

오랜만에 셋이 함께 저녁 식사를 하는 동안 경주는 현

서가 자신의 건강에 대해 질문을 할 때마다 대답을 피하며 화제를 돌렸고, 분위기가 어색하지 않게 대화를 잘 끌어 나갔다. 반면 거짓말을 잘하지 못하는 윤식은 대화 내내 현서와 눈을 잘 마주치지 못하고, 말도 아끼며 오랜만에 만난 모녀의 대화를 듣기만 했다.

식사를 마치자 경주는 현서를 집으로 보냈다. 너무 늦기 전에 빨리 집으로 돌아가라고 했다. 현서는 더 있고 싶어 했지만, 엄마의 말을 듣기로 했다.

"다음에는 더 일찍 올게. 이제 나 집에 못 오게 하지 않을 거지?"

"그럼. 이제 자주 보자. 어서 가."

"응, 아빠도 다음에 봐요."

"그래. 어두우니까 조심해서 들어가."

그날 이후 윤식은 다시 이전의 행복한 가족으로 돌아갈 수 있겠다고 생각했지만, 인생은 윤식의 바람대로 되지 않았다. 경주가 현서를 만난 뒤 채 열흘이 되지 않았을 때 경주는 윤식에게 미니를 부탁하고 세상을 떠났다.

윤식은 경주가 떠나고 나서야 장례식장에서 딸 현서를 다시 만났다. 윤식은 그제야 현서에게 그동안 있었던 일을 털어놨다. 폐암 판정을 받았던 일, 병원에 입원했던 일, 치료를 포기하고 집에 돌아온 일, 강아지를 입양한 일, 현서를 만나기 위해 준비했던 일까지. 모든 사실을 들은 현서는 몇 시간을 울기만 했다. 경주의 부탁을 들어준 것이었지만 윤식도 딸에 대한 미안한 마음을 떨칠 수가 없었다. 윤식은 계속해서 현서에게 미안하다고 했지만, 현서는 그 말이 들리지 않았다.

현서는 어머니를 잃은 슬픔이 조금 잦아들자 그 감정은 아버지에 대한 서운함과 약간의 분노로 옮겨 갔다.

"어떻게 하나밖에 없는 딸한테도 말을 안 해요?"

"미안하다. 엄마가 너 걱정시키고 싶지 않다고 그렇게까지 부탁하니까…."

"딸이 엄마 걱정하는 건 당연한 거지. 엄마가 딸 걱정하는 것처럼 똑같은 거잖아요. 그게 가족이잖아요. 어떻게 가족이 그래요. 둘만 가족이고 난 가족도 아니에요?"

윤식은 고개를 숙이고 미안하다는 말만 반복했다. 딸을 생각했던 경주의 마음도 충분히 이해가 갔고, 자신만 엄마의 병을 모르게 했던 것에 대한 현서의 감정도 이해가 갔다. 그래서 아내와 딸 사이에서 자신이 했던 행동에 대해 어쩔 수 없었단 생각과 함께 딸에 대한 미안함 등 윤식은 복잡한 감정에 휩싸여 있었다. 그때 현서가 화를 내며 윤식에게 했던 말을 윤식은 아직도 기억한다.

"아빠도 돌아가실 때까지 나한테 얘기하지 말아요."

현서도 홧김에 그런 말을 하고 약간 놀란 눈치였지만 둘은 더 이상 아무런 말도 하지 못했다. 경주의 장례 절차가 다 끝날 때까지도 둘은 아무 말도 하지 않았고, 현서가 떠나기 전 둘은 눈이 마주쳤지만, 현서는 시선을 피하며 택시를 타고 떠났다. 그게 윤식이 딸 현서를 본 마지막이었다.

윤식은 핸드폰에서 현서의 이름을 보고 잠시 고민했지만 이내 딸의 마지막 말이 떠올라 핸드폰 화면을 밀어 다른 연락처를 찾기 시작했다. 다음으로 윤식의 눈에 들어온 연락처는 동물병원이었다. 미니를 입양한 후 이 동네에서만 살았던 윤식은 미니의 예방 접종과 치료 등을 위해 한 병원만 다니고 있었다. 그 병원이 치료 이외에 강아지를 맡아 주는 서비스를 하는지는 모르지만 일단 가서 물어보는 것이 좋겠다고 생각했다.

윤식은 다시 외출을 위해 준비를 했다. 다시 목줄을 챙기는 윤식을 본 미니는 뒤로 슬금슬금 피했다. 좀 전에 다녀온 산책도 힘들었는데, 또다시 외출은 하기 싫은 모양이었다. 하지만 윤식은 그런 미니에게 목줄을 채우고 다시 안고 집을 나섰다.

익숙한 병원에 도착 후 윤식은 미니를 안은 채 문을 열고 병원 안으로 들어갔다.

"어서 오세요. 예약하셨어요?"

직원의 인사에 고개를 살짝 숙여 인사를 한 윤식은 대답했다.

"아니요. 예약은 안 했는데요. 원장님한테 뭐 좀 여쭤보려고요."

"네, 잠시만요. 제가 확인해 볼게요."

잠시 후 병원 안쪽에서 병원 원장이 걸어 나왔다.

"안녕하세요. 미니도 안녕."

미니도 익숙한 듯 원장을 보며 꼬리를 흔들었다.

"미니한테 무슨 일 있어서 오셨어요?"

"아니요. 뭐 좀 물어보려고요."

"네. 그러면 일단 들어오세요."

원장은 친절한 목소리로 윤식을 진료실로 안내했다. 미니를 안은 채로 자리에 앉은 윤식은 원장에게 말했다.

"혹시 이 병원에서 강아지 호텔 그런 것도 하나요?"

"아니요. 우리 병원에서는 호텔 서비스는 하지 않고 있습니다. 가끔 수술하고 회복하는 기간에 잠시 보호하는 경우는 있는데, 원칙적으로는 지원해 드리지 않습니다."

"아, 네. 그렇군요."

실망한 듯 힘이 없는 목소리로 말하는 윤식을 보고, 원장은 말을 이었다.

"왜요? 어디 가세요?"

"네. 저기, 제가 어디 여행을 떠날 수도 있어서요. 미니랑 같이 가면 좋겠지만 그럴 수가 없어서요."

원장은 윤식과 미니를 번갈아 보며 잠깐 고민하더니 윤식에게 물어봤다.

"여행을 얼마나 다녀오시는데요?"

윤식은 잠시 생각을 해 봤다. 며칠을 맡기면 충분할지를. 물론 여기서 미니를 키워 준다면 가장 좋겠지만 그건 불가능한 일이었다. 그래서 자신이 발견될 시간, 장례를 치르는 시간 등 대충 일주일이면 될 것 같았다.

"길어야 일주일이면 될 것 같네요."

"그러면 저희가 미니 일주일만 데리고 있을 테니까 다녀오십시오."

"네? 정말요?"

원장의 배려에 윤식은 놀란 목소리로 대답했다.

"네. 미니야 저랑 다른 간호사랑도 친하고, 잘 따르고 하니까요. 저희가 잠깐 데리고 있죠. 언제부터 맡기실 건가요?"

"오늘 저녁부터면 좋죠."

"네. 그러면 오늘 저녁에, 여덟 시 이전에 미니 먹는 사료랑 밥그릇, 장난감 이런 거 챙겨서 오시면 될 것 같네요."

"감사합니다. 정말 감사합니다."

윤식은 자리에서 일어나 연신 고개를 숙이고 감사 인사를 했고, 원장도 같이 일어나 괜찮다고 대답했다.

"그러면 제가 얘기해 놓을 테니까 나가셔서 이름이랑 연락처만 적어 놓고 가시면 됩니다. 이따가 뵐게요."

윤식은 다시 한번 인사하고, 진료실을 나섰다. 곧 병원 접수대에 있던 직원이 윤식에게 말했다.

"여기에 성함, 강아지 이름, 연락처 두 개 적어 주세요."

"두 개요?"

"네. 본인 연락처랑 비상 연락처 하나만 더 적어 주세요."

이름과 본인의 연락처를 적은 뒤 윤식은 잠시 고민했다. 두 번째 연락처에 적을 사람 때문이었다. 역시 마땅한 사람이 생각나지 않았고, 어차피 윤식이 죽는다면 가족인 현서에게 연락이 갈 테니 현서 연락처를 여기에 적어도 괜찮겠다는 생각이 들어 윤식은 현서의 전화번호와 관계 칸에 '딸'이라고 적었다.

병원에서 돌아온 윤식은 소파에 앉아서 병원 연락처에 딸 현서의 전화번호를 적은 것에 대해 생각해 보았다. 언제가 됐던 경찰이 윤식이 죽은 것을 확인하게 되면 유일한 가족인 딸 현서에게 연락하게 될 것이다. 윤식은 고민했다. 현서의 말대로 아무 말 없이 떠난 뒤 경찰로부터 연락받게 만드는 것이 현서를 더 속상하게 만드는 것인지, 아니면 미리 대화를 한 번 하고 나서 알게 되는 것이 더 마음 아픈 것인지를…. 윤식은 잠시 고민 후 핸드폰을 꺼내 현서의 연락처를 찾았다. 심호흡을 한 번 한 후 윤식은 전화 버튼을 눌렀다.

여러 번 통화 연결음이 울린 뒤 전화가 연결되는 소리가 났다.

"여보세요?"

조심스러운 목소리로 현서가 말했다.

"여보세요? 현서니?"

"아빠?"

10년 만의 전화에 현서는 매우 놀란 목소리로 말했고, 실로 오랜만에 들은 '아빠'라는 호칭에 윤식의 마음도 울컥했다.

"어, 아빠야."

둘은 잠깐 아무 말이 없었다.

"밥은 먹었니?"

"네, 그럼요. 아빠는 식사하셨어요?"

생각해 보니 윤식은 오늘 아무것도 먹지 않았었다.

"응, 그럼. 잘 지내지?"

"네, 그럼요. 아빠도 잘 지내세요?"

"그럼. 난 잘 지내지."

또다시 대화가 끊겼고, 잠시 어색함이 이어지자 이번엔 현서가 말했다.

"아빠, 혹시 무슨 일 있어요?"

현서는 엄마 일이 떠올랐는지 갑자기 심각한 목소리로 물었다. 윤식은 놀랐지만, 티를 내지 않으려 침착하게 대답했다.

"무슨 일은. 내가 무슨 일이 생길 게 뭐가 있겠니."

"아빠, 진짜 아무 일 없는 거 맞아요?"

예전이나 지금이나 거짓말에 서툰 윤식을 잘 아는 현서는 아빠의 목소리에서 뭔가 이상함을 눈치챈 듯했다.

"없어. 그냥 생각나서 전화해 본 거야."

"뭐 없으면 다행인데."

현서는 잠깐 뭔가를 생각하는 듯 조용히 있다가 말했다.

"아빠, 내가 오늘 저녁은 안 되고, 내일 오전에 집으로 갈게요. 아빠 집에 있을 거죠?"

"아니야. 뭘 와. 멀리서 뭘 오겠다고 그래. 진짜 아무 일 없다니까?"

"아니에요. 내가 가서 진짜 아무 일 없는지 볼 테니까 아빠는 그냥 집에 있어요."

윤식은 갑자기 머릿속이 복잡해졌다. 내일 현서가 온다면 문을 열어 주지 않고 전화를 받지 않는 자신에게 무슨 일이 생긴 것을 알아차리고 경찰을 부를 것이다. 그렇다면 자기 죽음을 가장 먼저 보게 되는 사람이 현서가 될 것이다. 윤식도 누군가에게 자신이 죽은 것이 빨리 발견되기를 바랐지만, 그게 현서이기를 바라지는 않았다. 그렇지만 지금까지 어떻게 제 죽음을 알리고, 일주일 안에 미니를 병원에서 데리고 나올 사람을 찾을지 방법을 정하지도 못했다.

"안 와도 되는데…."

윤식은 말끝을 흐리며 현서를 말렸지만, 윤식은 이미 알고 있었다. 자신은 현서의 고집을 자신은 꺾을 수 없다는 것을.

"아무튼 내가 갈 테니까 아빠 어디 가지 말고 집에 있어요. 알았죠?"

"그래. 어디 안 갈게."

"네. 끊을게요."

그렇게 말하고 현서는 전화를 끊었다. 윤식은 한숨을 쉬고 자신이 무슨 짓을 한 것인지 후회했다. 다행인지 불행인지 판단이 되지 않았다.

그렇게 한숨을 쉬며 자리에 앉아 있던 윤식은 뭔가 다

리를 툭툭 건드리는 느낌을 받았다. 미니가 장난감을 들고 윤식을 건드리는 것이었다. 이것은 미니가 터그놀이를 하고 싶다는 뜻이었다. 윤식은 미소를 지으며 장난감 한쪽 편을 손으로 잡았다. 미니는 입으로 장난감을 흔들며 으르렁거렸다. 윤식은 처음에 이 놀이를 할 때 미니의 으르렁 소리를 듣고 무서워서 장난감을 놓쳤던 자기 모습이 떠올라 웃음이 났다. 예전처럼 힘차게 장난감을 물고 흔들지는 못하는 미니지만 그래도 하루에 한 번 이 시간을 즐기는 듯했다.

얼마 지나지 않아 미니는 지친 듯 장난감을 입에서 내려놓고, 바닥에 누웠다. 윤식은 바닥에 누워 있는 미니를 쓰다듬어 주다가 미니를 안고 소파 위로 올렸다. 미니는 소파 위에서 윤식의 손바닥을 핥았고, 윤식은 소파에 다리를 올리고 반쯤 누운 자세로 상체를 쿠션에 기댔다. 그렇게 윤식은 미니를 쓰다듬고, 미니는 윤식을 핥으면서 소파에 누운 채로 같이 잠이 들었다.

몇 시간 동안 같이 낮잠을 잔 윤식은 잠에서 깬 후 시계를 보고 자리에서 일어났다. 그리고 주방 옆 다용도실에서 큰 비닐 가방을 가지고 나왔다. 이제 미니를 보낼 준비를 하기 위해서였다. 가장 먼저 미니의 밥그릇을 가져와 사료를 담았다. 미니는 사료 소리를 듣고 어느샌가 윤식의 옆에서 꼬리를 흔들고 있었다. 사료를 그릇에 담아 놓고, 윤식은 사료를 조금씩 더 꺼내 저울에 무게를 잰 후, 조그만 비닐봉지에 옮겨 담았다. 7일 동안 아침저녁으로 먹을 사료의 개수보다 조금 더 많이 16개의 봉지에 미니의 사료를 담아서 큰 가방에 넣었다. 그러고 나서 밥그릇을 들고 거실 한편에 내려놓았다. 이 집에서 미니가 마지막으로 먹는 식사라는 생각에 윤식은 눈물이 나려 했지만 애써 참으며 고개를 돌렸다. 미니가 식사하는 동안 윤식은 미니가 잘 때 깔고 자는 얇은 담요와 장난감을 챙겼다. 그리고 윤식은 남은 배변 패드도 넉넉히 큰 가방에 넣고, 소파에 앉아 미니가 식사를 다 할 때까지 미니를 쳐다보며 기다렸다.

식사를 마친 미니는 물을 조금 마시고 나서 천천히 윤식에게로 걸어왔다. 예전 같으면 점프해서 소파 위로 올라왔을 텐데 요즘은 그냥 윤식의 발 옆에 앉기만 한다. 윤식은 소파에서 내려와 바닥에 앉았고, 미니는 윤식의 허

벽지 옆에 몸을 붙이고 바닥에 누웠다. 윤식은 그 자세로 한참 동안 미니의 머리와 등을 쓰다듬었다.

시계가 일곱 시가 다 되어 가는 것을 본 윤식은 자리에서 일어났다. 잠이 들었던 미니도 고개를 들어 윤식을 쳐다봤다. 윤식은 미니의 밥그릇과 물그릇을 깨끗이 닦고, 가방에 넣었다. 그리고 미니에게 목줄을 채웠다. 미니는 저녁 산책 시간이라고 생각한 듯 순순히 목줄을 찼고, 기지개를 켜며 외출 준비를 했다. 윤식은 한 손에는 목줄과 한 손에는 비닐 가방을 들고 집을 나섰다.

얼마 후 둘은 다시 동물병원 앞에 도착했다. 문을 열고 들어서자 익숙한 얼굴의 여자 직원 한 명이 다가와 인사했다.

"오셨어요. 미니 왔니?"

미니도 그 직원을 알아본 듯 꼬리를 흔들었다. 곧 원장도 나와 윤식과 미니를 반겼다.

"오셨어요. 끈 저한테 주세요."

원장은 원장에게 미니의 끈을 넘겨주었고, 여자 직원은 윤식의 가방을 받아서 들었다.

"걱정하지 마시고, 잘 다녀오세요. 저희가 미니랑 잘 놀아 주고 있겠습니다."

슬픈 표정의 윤식을 안심시키려는 듯 원장은 더 밝게 웃으며 말했다.

"네, 잘 부탁드립니다."

윤식은 고개를 숙여 원장에게 한 번, 직원에게 한 번 인사했다.

"네, 걱정하지 마세요."

원장은 미니의 끈을 여자 직원에게 넘겨주었고, 그 직원은 미니와 함께 병원 안쪽으로 걸어갔다. 미니는 그 자리에 서서 윤식을 바라보았다. 고개를 옆으로 갸웃거리며 윤식을 한참 바라보기만 하던 미니에게 윤식이 말했다.

"미니야, 들어가야지."

그 말을 들은 미니는 마치 알아들은 듯 눈을 몇 번 깜박인 뒤 몸을 돌려 직원을 따라 걸어 들어갔다. 병원 안쪽으로 돌아들어 가 더는 미니가 보이지 않을 때까지 윤식은 미니가 간 곳을 계속 보고 있었다.

잠시 후 윤식은 원장에게 인사를 한 뒤 병원을 나왔다. 윤식은 집으로 걸어가던 중 더 이상 병원이 보이지 않는 작은 골목길에서 걸음을 멈추어 섰다. 애써 참았던 눈물이 흘렀다. 한 번만 더 보고 들어보낼걸, 한 번만 더 쓰다듬어 줄걸, 한 번만 더 안아 줄걸. 아내 경주가 떠난 뒤 단 하루도 떨어지지 않고 10년 넘게 같이 살아왔던 미니를 그렇게 남기고 가는 것이 정말 미안하고, 마음이 아팠다. 그리고 처음 집이 아닌 곳에서 자야 하는데 얼마나 어색하고 무서울지, 내일 아침부터 자신이 언제 오나 계속 기다릴 미니를 생각하니 눈물이 멈추지 않았다. 윤식은 골목 벽에 이마를 대고 서서 한참을 울었다. 몇몇 행인들의 시선이 느껴졌지만, 윤식은 아랑곳하지 않고 20분을 넘게 그 자리에 서서 울기만 했다.

한참을 울고 난 후에 윤식은 눈물을 닦고, 집으로 걸어갔다. 윤식은 집에 들어가며 다시 한번 눈물이 날 뻔했다. 아무리 잠깐 나갔다 오더라도 며칠 못 본 것처럼 자신을 반기던 미니가 집에 없다는 것이 다시 한번 윤식을 슬프게 만들었다. 윤식은 손바닥으로 남은 눈물을 닦고, 콧물을 한번 들여 마신 뒤 집 안으로 들어와 식탁 의자에 앉았다.

잠시 후 뭔가 생각난 윤식은 종이 한 장과 펜을 가져왔다. 그리고 종이에 딸 현서에게 남기는 편지를 썼다.

현서에게.

네가 이 편지를 읽게 된다면 아마도 이 아빠는 이미 떠난 후일 것 같구나. 이렇게 마지막 인사를 하게 되어 미안하구나.

예전에 네 엄마가 아플 때 너에게 절대 말하지 말라고 했을 때, 사실 아빠는 그 말을 이해하지 못했었다. 그런데 아빠가 비슷한 시간이 되어 보니 인제야 엄마의 마음을 이해할 수 있게 되었구나. 부모로서 너에게 힘든 모습, 아픈 모습을 보여주고, 나쁜 소식을 전하고 싶지 않구나. 그 모습을 보고, 그 얘기를 듣고 네가 걱정하고, 아파하는 모습을 보는 것도 너무 힘들 것 같아.

이런 네 엄마와 나를 이해해 달라는 것은 아니란다. 네 엄마와 아빠가 이런 사람이고, 이런 결정을 내리게 되어 정말 미안하다.

정말 염치없지만 마지막으로 아빠 부탁 하나만 들어주겠니? 내가 강아지 미니를 병원에 잠깐 맡겨놨어. 나이가 많이 들어서 힘은 없지만 아직 착하고, 눈치 빠르고, 사람도 잘 따른단다. 정말 미안하지만, 미니를 챙겨 주길 바란다. 마지막까지 이런 부탁을 하게 되어 정말 면목 없구나.

네가 이 글을 읽고 있을 때쯤이면 나는 네 엄마를 만났을 것 같구나. 나중에 시간이 아주 많이 지나고, 널 만나게 되면 우리 가족 셋이랑 미니까지 넷이 다시 예전처럼 행복한 시간 보내자꾸나.

미안하고, 사랑한다. 건강해라.

아빠가.

-

TLC 동물 의료 센터, 미니, 4월 8일~4월 15일

윤식은 마지막에 미니를 맡겨 놓은 동물병원과 기간까지 쓰고, 펜을 내려놓았다. 윤식은 종이를 가로로 두 번 접고, '현서에게'라고 다시 한 번 쓴 뒤, 식탁 한가운데에 올려놨다.

윤식은 집을 한번 둘러본 뒤 불을 끄고 침대로 걸어갔다. 10년 넘게 하루도 빠짐없이 이 집을 지켰던 미니가 없는 밤이 너무나 허전했다. 윤식은 침대에 옆으로 누워 사진을 보며 말했다.

"여보, 이제 갈게. 곧 봅시다."

윤식은 몸을 돌려 천장을 본 자세로 누운 뒤 살짝 미소를 지으며 눈을 감았다.

10시 6분.

윤식은 그렇게 떠났다.

에필로그

조용한 방에 검은 정장의 사내가 홀로 서 있다. 손목을 들어 시계를 한 번 살펴본 사내는 조용히 혼잣말했다.

"이제 슬슬 올 시간이 됐군."

곧 문이 열리더니 지환이 들어와 익숙한 듯 맨 오른쪽 의자에 앉았다. 자리에 앉은 지환은 검은 정장의 사내와 눈이 마주치자 살짝 고개를 숙여 인사를 했고, 검은 정장의 사내도 살짝 미소를 보이며 고개를 끄덕였다. 뒤이어 윤식과 건규, 석민도 문을 열고 들어와 이전에 앉았던 자리에 그대로 다시 앉았다. 네 명이 모두 자리에 앉자 검은 정장의 사내가 입을 열었다.

"다들 마지막 하루를 잘 보내고 오셨나요?"

검은 정장의 사내가 물어봤지만 아무도 대답하지 않았

다. 다들 아쉬움이 많은 듯한 표정으로 고개를 숙이고 있을 뿐이었다. 그때 석민이 고개를 들어 검은 정장의 사내를 바라보며 말했다.

"딱 하루만, 딱 하루만 더 주시면 안 될까요? 제가 못 하고 온 일이 너무 많습니다."

그 말을 듣고 있던 건규도 덧붙였다.

"그래요. 조금만 시간을 더 주신다면 정말 고맙겠습니다."

가장 끝에 앉아 있던 지환도 한마디를 했다.

"맞아요. 며칠만 더 주세요. 전 못 해 본 게 너무 많아요."

검은 정장의 사내는 마치 그만하라는 듯 두 손바닥을 들어 그들에게 향하며 말했다.

"여러분들의 마음은 잘 알겠습니다. 하지만 여러분들도 아시다시피 대부분은 여러분들처럼 단 하루의 시간도 허락받지 못한 채 이곳으로 오게 됩니다. 아쉬우시겠지만 여러분들에게 더 이상의 시간은 드릴 수가 없습니다. 정말 죄송합니다."

약간의 희망을 품었던 사람들의 눈빛은 다시 슬픔과 아쉬움의 눈빛으로 변해 갔다. 가만히 듣고만 있던 윤식은 고개를 들어 검은 정장의 사내에게 정중하게 부탁했다.

“그러면 혹시 여기서 제가 살던 곳을 잠깐이라도 볼 수는 없을까요? 잘 지내는지 확인만 할 수 있게 도와주십시오.”

검은 정장의 사내는 난처한 표정을 지었지만 목소리는 낮고 단호했다.

“정말 죄송합니다만 그 또한 불가능합니다.”

아쉬워하는 사람들의 표정을 지켜본 검은 정장의 사내는 말을 이었다.

“오늘 아침에 여러분들이 이곳을 떠나기 전 제가 드렸던 말씀을 기억하실 겁니다. 이곳 세상에서는 여러분들의 행복을 위해서 여러 가지 시도를 해 보고 있습니다. 요청하신 것처럼 이곳에 오신 분들에게 남겨진 가족들을 볼 수 있는 기회를 드려 본 적이 있습니다. 하지만 그 혜택에 대한 만족도는 그리 높지 않았습니다. 많은 분이 더 아쉬워하시고, 슬퍼하시고, 괴로워하셨습니다. 그 이후로 이 혜택은 더 이상 제공하지 않게 되었습니다.”

검은 정장 사내의 말이 끝나자 석민이 질문을 했다.

“그러면 왜 하루인가요? 시간을 더 주면 말씀하셨던 그 만족도가 더 높을 텐데요.”

“사실 저희가 제공해 드리는 이 혜택의 기간은 처음에

는 하루가 아니었습니다. 일주일, 한 달, 길게는 일 년까지도 미리 운명의 날을 알려 준 적도 있었습니다. 하지만 여러분들이 생각하시는 것처럼 시간과 만족도는 비례하지 않았습니다. 거의 모든 분이 남은 시간을 헛되이 보내고, 좋지 않은 방향으로 삶을 끌어 나갔습니다. 사람들이 지켜 왔던 윤리, 규범, 규칙, 제도 등 모든 것을 무시하며 살았고, 정해진 날까지 죽지 않는다는 것을 악용하는 사례도 매우 많았습니다. 그래서 저희는 시간을 늘리는 것이 여러분들의 행복과 연결되지는 않는다는 판단하에 시간을 줄이게 되었고, 현재 단 하루라는 시간을 제공해 드리고 있는 겁니다. 여러분들이 오늘 하루를 어떻게 보내셨는지는 저희가 다음에 확인해 보게 될 겁니다. 그 결과에 따라 시간을 더 줄일 수도, 상황에 따라서는 아예 없앨 수도 있을 겁니다."

검은 정장 사내의 정중하지만 단호한 말투에 사람들은 더 이상 질문을 하지 못한 채 고개를 떨구고 바닥만 바라보았다. 잠시 후 건규가 고개를 들어 검은 정장 사내를 바라보며 질문했다.

"이제 저희는 어떻게 됩니까?"

검은 정장의 사내는 잠시 허공을 보며 뭔가를 생각하는 듯하더니 이내 말을 시작했다.

"이곳 세상에서는 정해진 역할이 있어서 제 역할을 벗어난 일에 대해서는 제가 정확히 말씀드리기는 어려운 점이 있습니다. 하지만 간단히 말씀드리면 잠시 후에 여러분들은 제 뒤로 보이는 문을 통해 이 방을 나가시게 될 겁니다. 그러면 그 후에 각자 담당자와 함께 여러분들이 살아온 인생을 간단하게 돌아보는 시간을 갖게 되실 겁니다. 그 후에 여러분들은 다시 여러분들이 살아오신 곳으로 돌아가실지, 아니면 저처럼 이곳 세상에서 계속 지내실지를 결정하시게 됩니다. 여러분이 살아오신 인생에 따라서 여러분들이 직접 결정하실 수도 있고, 또는 저희가 정하는 대로 따라 주셔야 할 수도 있습니다."

검은 정장 사내의 말이 끝난 뒤 그 누구도 말을 하지 않았다. 다들 의자에 앉아 약간 고개를 숙이고 있을 뿐이었다. 그런 그들을 보고 있던 검은 정장의 사내는 그들을 격려하는 듯 약간 밝은 목소리로 말했다.

"자, 여러분들, 그렇게 고개 숙이고 있으실 필요 없습니다. 물론 갑작스럽게 여기 오신 것에 대해 매우 아쉽고,

이전 삶에 대해 미련이 많이 남으시는 것 충분히 이해합니다. 하지만 말씀드렸다시피 더 이상 돌아갈 수도, 돌이킬 수도 없는 지난 일이 되어 버렸습니다. 그러니 이제 지나간 일들은 그만 훌훌 털어 버리시기를 바랍니다."

그의 말이 끝나자 몇몇은 고개를 살짝 들었고, 지환은 한숨을 크게 내쉬면서 상체를 펴 의자 등받이에 몸을 기댔다. 정도의 차이는 있지만 다들 이전보다는 한결 가벼운 표정을 짓고 있었다. 그런 그들의 얼굴을 보고 있던 검은 정장 사내는 약간 흐뭇한 미소를 지으며 말했다.

"자, 그러면 다음 여정을 떠나실 준비된 분들부터 자리에서 일어나셔서 제 뒤에 보이는 문으로 들어가시면 됩니다."

검은 정장 사내는 문이 잘 보이도록 옆으로 한걸음 움직였다. 가만히 자리에 앉아 있던 사람 중 석민이 양옆을 슬쩍 보며 눈치를 보다가 가장 먼저 자리에서 일어났다. 그 모습을 본 건규가 그를 따라 자리에서 일어났다. 그 후 윤식이 자리에서 일어났고, 마지막으로 지환이 두 손바닥으로 허벅지를 짚고 자리에서 일어났다. 검은 정장의 사내는 다시 옆으로 한걸음 자리를 비켜 주며 오른손을 들어 그들에게 문의 방향을 안내해 주었다. 가운데 서 있던 석민부터 한 명씩 걸어가기 시작했다. 검은 정장의 사내는 한 명 한 명과 눈을 마주치며 가벼운 인사와 함께 악수했다. 먼저 석민에게 이렇게 말했다.

"최선을 다하셨습니다. 잘 지내실 겁니다."

그의 말을 들은 석민은 입을 굳게 다문 채 고개를 여러 번 끄덕이며 악수를 한 뒤 그의 옆을 지나갔다. 다음 건규가 무거운 걸음으로 다가왔고, 검은 정장의 사내는 손을 내밀어 그의 손을 잡으며 말했다.

"건강히 잘 계실 겁니다. 걱정하지 마십시오."

건규는 눈을 감고 고개를 끄덕이며 짧게 '네'라고 말한 뒤 검은 정장 사내 옆을 지나갔다. 다음 윤식이 고개를 숙인 채 다가왔다. 검은 정장의 사내는 고개를 숙여 노인과 눈을 맞추며 말했다.

"잘 돌봐 줄 겁니다."

윤식은 애써 웃음 지으며 대답했다.

"네. 착하고 똑똑한 애니까…."

윤식은 말을 끝맺지 못하고, 검은 정장의 사내에게 눈으로 인사한 뒤 옆으로 지나갔다. 마지막으로 지환이 검은 정장 사내에게 걸어왔다. 검은 정장의 사내는 지환과 악수하며 말했다.

"신발 멋집니다."

그의 말에 지환은 신발을 한 번 쳐다본 뒤 미소를 지으며 그의 옆을 지나갔다.

네 명 모두 거의 문 앞에 도착했을 때 검은 정장의 사내는 그들의 뒤에서 이렇게 말했다.

"마지막으로 드리고 싶은 말씀이 있습니다. 여러분 모두 그동안 수고 많으셨습니다."

이렇게 말하고 검은 정장의 사내는 다시 한번 상체를 숙여 인사했다. 그의 말을 듣기 위해 몸을 돌려 그를 바라보던 네 명의 남자도 모두 같이 허리를 굽혀 인사했다. 잠시 후 네 명의 남자는 고개를 들고 뒤돌아 검은 정장의 사내가 안내해 준 문을 열고 천천히 방에서 걸어 나갔다.

작가의 말

누구에게나 인생은 한 번뿐입니다.

그리고 언제까지 살 수 있을지 아무도 모릅니다.

가끔 어떤 사람들은 평생 죽지 않을 것처럼 계획을 너무나 많이 세우며 살곤 합니다.

또 어떤 사람들은 당장 내일 죽을 것처럼 아무런 계획 없이 하루를 막 살기도 합니다.

만약에 자신이 언제까지 사는지 알 수 있다면 어떨까요?

저는 벌써 죽음을 준비할 만큼 많은 나이는 아니라고 생각하지만, 그렇다고 아예 신경을 쓰지 않고 지낼 만큼 어린 나이도 아닙니다.

하루하루 죽는 날을 걱정하며 살고 싶지도 않지만, 그렇다고 전혀 대비하지 않으면서 살고 싶지도 않습니다.

이번 책은 이런 생각에서부터 시작됐습니다.

내가 죽으면 어떻게 하지? 남겨진 가족들을 위해 뭘 해 놓을 수 있을까?

하지만 언제까지 살 수 있는지 알 수 없으므로 생각의 끝은 항상 이랬습니다.

살아 있는 동안 행복하게 살자.

남아 있는 시간 동안 사랑하는 사람들과 많은 시간을 보내자.

이 글을 읽어 주시고 계신 분들도 너무 많은 걱정보다는, 그냥 나에게 주어진 오늘 하루, 헛된 시간을 보내기보다는, 좋은 사람들과 행복한 시간 보내시기를 바랍니다.

제 책과 제 글을 읽어 주셔서 정말 감사드립니다.